表御番医師診療禄1

切開

上田秀人

角川文庫
17815

目次

本作サブタイトル「表御番医師診療禄」の「診療禄」は、医学用語「カルテ」の日本語訳として、「録」の字ではなく「禄」の字が使われていた記録があります。

第一章　城中医師

一

いつもより近づいてくる足音がうるさかった。

「急病人でござるかな」

火鉢の炭をいじっていた大野竜木《おおのりゅうぼく》が、火箸《ひばし》から手を離した。

「のようでござろ」

薬研《やげん》を動かしていた佐川逸斎《さがわいっさい》が同意した。

江戸城檜《ひのき》の間、通称医師溜《いしだまり》といわれる表御番医師詰め所には、十人の当番が昼夜勤のために在していた。

「お医師さま。襖《ふすま》開けまする」

まもなく外から声がして、襖が開けられた。

顔を出したのは、お城坊主であった。お城坊主はお茶の用意から、お使いなど江戸城の雑用を一手に引き受ける。場合によっては、厠《かわや》で手に水までかけた。一応、幕府から禄《ろく》米をいただいているので、雑用の依頼は無料だが、ただではなかなか動いてくれなかった。お城坊主を機嫌良く動かすには、第一に権力、つぎに金が要った。

そんなお城坊主が、急いできた。医師溜に緊張が走った。

「お急ぎ土圭《とけい》の間《ま》までお出張りくださいませ」

溜には入らず、廊下に膝《ひざ》をついてお城坊主が言った。

「落ち着かれよ、御坊主どの。患家のお名前と状況を。怪我なのか腹痛なのかわからねば、本道を行かせるべきなのか、外道を向かわせるべきなのか、判断できませぬ」

大野竜木が、お城坊主をやんわりとたしなめた。

「さようでございました。お怪我でございまする。御用部屋の前でお転びになられました。お名は松平対馬守《まつだいらつしまのかみ》さま」

「大目付の」

「はい」

問う大野竜木へお城坊主がうなずいた。

「……またか」

佐川逸斎が小声で呟《つぶや》いた。

「転ばれたというならば外道が担当すべきでしょうな」

「さよう、さよう」

「我ら本道では、お役に立てませぬ」

大野竜木の言葉に、たちまち賛同の声があがった。

「となれば、逸斎どの」

「……はい」

言われた佐川逸斎が、矢切良衛《やきりりょうえい》を見た。

「良衛どの」

「承知いたしましてございまする」

命じられた良衛は、ただちに薬箱を抱えて溜を出た。

「御坊主どの。案内をお願いいたす」

「はい」

良衛に促されて、お城坊主が走り出した。ついて良衛も駆けた。

江戸城中は走ることが禁止されていた。ただ、医者とお城坊主は例外として許されていた。

医者は当たり前のことであった。ほんの少しの遅れが命にかかわる。できるだけ早く患者のもとへいかなければならないのだ。

では、お城坊主はなぜ走ってよいのか。殿中での使者をその任に持つからであった。使者の用は多岐にわたる。謀叛《むほん》が起こったなど、緊急を要する重要なこともある。もし、日頃殿中規則に従って歩いているお城坊主が突然走れば、誰の目にも異変が起こったと知れてしまう。幕府はもともと戦をするためのものなのだ。天下を取ったとはいえ、外様《とざま》大名すべてを滅ぼしたわけではない。異変を察知されるだけでも、まずいことになる。ならば、なにがあってもわからなければいい。すなわち異常を日常にしてしまえばすむ。こう考えられた結果、お城坊主は、いつなんどきであろうとも、小走りで移動する決まりとなった。

檜の間から土圭の間までは、けっこうな距離があった。しかし、お城坊主も良衛も息を荒げることなく、土圭の間へと着いた。

「御襖開けまする」

腰をおろしてお城坊主が襖を開けた。立ったまま待った良衛は、襖が開けられるなり急ぎ部屋へ入った。

土圭の間は、その名のとおり時計が置かれている。天文方の同心が詰めており、一刻《とき》（約二時間）ごとに、刻を報《しら》せていた。

「患家はどちらに」

「ここじゃ」

良衛の問いに、横になっていた老人が手を上げた。

「どうなされました」

近づきながら、良衛は問うた。

「貴殿は」

説明よりも松平対馬守は、良衛の身分を問うた。

「表御番医師矢切良衛でございまする」

良衛は名乗った。

「表か……」

松平対馬守が、肩を落とした。

あからさまに落胆した松平対馬守へ、良衛は首をかしげた。

「なにか」

「旗本の顕官まで上り詰めるのに、四十年かかった」

松平対馬守が問いを無視して話し始めた。

「書院番を皮切りに、大番組、駿河《するが》城番、大坂町奉行などを忠実におこない、六十歳を前にやっと大目付となれた」

大目付とは、大名目付の略称であった。

「はあ」

良衛は気のない返事をした。医者の仕事は患者の身体を診ることであり、愚痴や出世物語を聞くのではない。

「あれは二年前であった。大目付になって一年、とある大名のお目通りを監察して、無事終わったときに、急な腹痛が襲ってきた。脂汗は出るわ、痛みで立てないわ。このまま死んでしまうのかと思ったほどだった。もちろん、すぐに医師は呼んでもらえた、そして来たのは表御番医師であった」

城中での急病人に備えるのが、表御番医師である。松平対馬守の話は妥当であった。

「医師の手当もあり、三日ほどで痛みは消えた」

「それはよろしゅうございました」

他に言いようはない。相づちより少しましな対応をしながら、良衛は松平対馬守の様子を観た。

「それから何カ月か経ったときだ。殿中で留守居が病になった。偶然、儂《わし》はその場に居合わせた。そのとき留守居の診察に奥医師が来た」

奥医師は幕府に仕える医者の最高位である。将軍とその一族だけを担当し、それ以外は将軍の命がなければ、老中であろうとも診察しない。

「奥医師が来たのを見て、儂は愕然《がくぜん》とした」

「…………」

良衛は話を聞き流しながら、松平対馬守の腰を触診した。

「留守居と大目付は旗本の顕官である」

逆らわずに診察を受けながら、松平対馬守が続けた。

留守居はその名のとおり、将軍が江戸城を離れているとき、その代理をする役目である。多くの配下を持ち、城主格を与えられる。もっとも将軍が江戸城を出ることなど、日光《にっこう》参拝ぐらいであり、それも一代に一度あるかどうかというていどなため、ほとんどなにもすることのない閑職となっていた。長く役職にあった名門旗本が隠居前に褒美として与えられる名誉職のようなものといっていい。

対して大目付も、長年役目を無事勤めあげてきた旗本のあがり役であった。こちらも幕府創立当初ならば、外様大名の取り潰《つぶ》しなどで多忙を極めたが、それも落ち着いた今となっては、飾りといってよかった。

同じような留守居と大目付だが、格に違いがあった。

「しかし、差を付けられた」

松平対馬守が悔しがった。

「奥医師を派遣されることは、将軍の一族扱いを受ける名誉である。対して、表御番医師では、そのあたりの端役どもと同じ。医師として最高峰にある奥医師に担当させるほどでもない、そこいらの連中と一緒でよいと儂は、いや、大目付は言われたに等しいのだ」

堂々と松平対馬守が、表御番医師を馬鹿にした。

「少しお袴《はかま》を緩めまする」

淡々と良衛は診療した。

「これは大目付という役目が軽んじられている証《あかし》ではないか。それでは、大名目付として、外様大名たちへの押し出しがきかぬ。儂はそれを怖れる。ゆえに、このていどのことでも騒ぎ、奥医師の派遣を願っておるのだ。なれど未《いま》だ吾《わ》が想い伝わらぬ」

情けないと松平対馬守が肩を落とした。

「ちょっとうつぶせになっていただけまするか」

「うむ……」

言われたとおりに松平対馬守がうつぶせになった。

「そもそも大目付というのは……」

まだ松平対馬守が語り続けているのを無視して、良衛は背筋を指先で探った。

「……よくないな」

腰のところで、良衛が眉《まゆ》をひそめた。

「聞いておるのか、医師。わかれば、ただちに奥医師診察の要有りと上申を……」

「お止めになられますように」

冷徹な声で、良衛が告げた。

「なんだと。医師の身分で、儂に意見をするつもりか」

松平対馬守が激した。

「医師なればこそでございまする。わざと転ばれるのはお止めになられますよう」

「……わざとだと」

怒っていた松平対馬守の怒気がしぼんだ。

「何度やられたかは存じませんが、腰の骨に負担がかかっておりまする。骨と骨の隙間が一カ所狭まってしまっておりまする。腰がしびれたり、曲げたときに痛むことはございませぬか」

良衛が静かに問うた。

「……ある」

少し逡巡《しゅんじゅん》して松平対馬守が首肯した。

「人というのは、思いがけず転ぶときと、わざとでは打つ場所が変わりまする。思いがけず転んだとき頭や顔への衝撃を避けるため、手をついたり、身体をひねったりを咄嗟《とっさ》におこないまする。そして、それはそのときの状況に応じて、変化しまする。当然でございましょう、転ぶときの状況が毎回同じなはずはありませぬから。しかし、わざととなれば、逆でございまする。慣れた転げかたを繰り返すことになり、決まった箇所へ負担をかけまする。これを重ねれば、骨や筋に無理がでまする」

　少し強めに良衛が右腰を触った。

「痛い」

　松平対馬守が悲鳴をあげた。

「このままでは、遠からず歩けなくなりますぞ。そうなれば大目付の面目どころではなくなりましょう。お役ご免を願うこと……」

　最後まで良衛は言わなかった。

「それは困る。まだ家を譲れぬ」

　あわてて松平対馬守が起きあがろうとした。

「急に動かれてはなりませぬ」

　それを良衛は、背筋の一カ所を押さえることで防いだ。

「な、なにっ」

　起きあがれなくなった松平対馬守が驚愕《きょうがく》した。

「このように人の身体は一カ所で動けなくなりまする。肉や筋はすべて骨についておりまする。その要となる骨を押さえてしまえば、肉も筋も役にたちませぬ。これと同じ症状が、まもなく腰で起こりますぞ」

「……うっ」

脅しに松平対馬守が息をのんだ。

「少しご辛抱を」

告げてから良衛は、松平対馬守の腰に右手をあて、左手を肩に置いた。

「ぬん」

松平対馬守の身体をひねるように動かした。

「わっ」

腰の辺りで鈍い音がし、松平対馬守が声をあげた。

「なにをする」

松平対馬守が抗議した。

「骨の隙間を戻しました。このまま固定いたしますので、袴を脱いでいただきます
る」

さっさと良衛は、治療をおこなった。

「お届けをしておきますゆえ、本日はもう下城なさるように。お屋敷に戻られれば、すぐに横になられ、本日はできるだけ動かぬこと。後ほどかかりつけの医者から湿布薬などをもらってお使いになられませ」

指示と投薬を述べて、良衛は松平対馬守から離れた。

「そなた、名前は」

最初の名乗りを聞いていなかった松平対馬守へ、良衛は苦笑した。

「表御番医師矢切良衛でございまする」

「矢切……どこかで聞いた名前だの」

松平対馬守が首をかしげた。

「そういえば、御家人の家から表御番医師になった変わり者がいたと聞いた覚えがある」

「わたくしでございまする」

良衛が認めた。

「今大路《いまおおじ》家の娘を娶《めと》ったのであったな」

「……はい」

一瞬、良衛は顔をしかめた。

「珍しいこともあるな。典薬頭《てんやくのかみ》の娘が御家人へ嫁ぐなど初耳じゃ。矢切家は何俵であった」

乱れた身形《みなり》を整えながら、松平対馬守が訊《き》いた。

「百五十俵五人扶持でございました」

「微禄《びろく》じゃの」

松平対馬守が漏らした。

「今大路家はたしか一千二百石であったな」

確認するように松平対馬守が良衛を見た。

「身分に差がありすぎよう」

「そのあたりは、義父にお尋ねいただきたく。では、わたくしはこれで。ごめん」

話を良衛はきりあげて、そそくさと土圭の間を後にした。

二

表御番医師は持ち高務め、二百俵未満にかぎって役料として百俵が支給された。若年寄の支配を受け、桔梗《ききょう》の間詰め、拝謁のおりは羽目《はめ》の間という、目通りできる格としては低い身分であった。定員は三十名で、本道、外道、鍼灸《しんきゅう》、口中、眼科の医師が交代で詰め、病人、怪我人の発生に対応した。診療は病人、怪我人のもとへ出向いておこなうが、その性質上継続しての治療はせず、応急処置のみであった。

一夜の宿直《とのい》を終えた良衛は、交代の医師に昨夜の引き継ぎをして、江戸城を出た。

「お帰りなさいませ」

城を出たところで、一人の老爺《ろうや》が小腰をかがめて出迎えた。

「三造《さんぞう》、ご苦労」

「お預かりをいたしまする」

三造が良衛の手から薬箱を受け取った。

「弥須子《やすこ》と一弥《いちや》に変わりはないか」

歩き出しながら良衛が妻と嫡男の様子を問うた。

「お健やかでござりまする」

「そうか」

答に良衛はうなずいた。

「いかがなさいまする。一度お屋敷に戻り、それから往診へと出られまするか」

予定を三造が訊いた。

「今日は三軒であったな。ならば、先にすませてしまおう。昼までには帰れるだろう」

「承知いたしました」

了承した三造が先に立った。

「ここからですと、日本橋《にほんばし》の出雲屋《いずも》さまが近いので、そちらからでよろしゅうございましょうや」

「任せる」

良衛は首肯した。

医師の往診は、本来駕籠《かご》を遣った。これは往診へ向かう道で歩き疲れては診療に差し障るというのが表向きの理由である。が、そのじつは権威づけであった。駕籠に載ることで、えらそうに見せるのだ。

といったところで、法印、法眼の地位にあるわけでもない町医者ていどでは、常時駕籠をかく六尺を雇うことなどできないので、町内の駕籠屋と手を組むのが精一杯であり、こちらのつごうだけで駕籠を手配できるものではなかった。いつでも好きなときに遣えないならば面倒なだけと、良衛は駕籠をほとんど利用しなかった。

「ごめんくださいませ。神田駿河台《かんだするがだい》の医師矢切良衛でございまする」

先触れとして三造が出雲屋の暖簾《のれん》をあげた。

「これは、先生。ようこそおいで下さいました」

すぐに番頭が、反応した。

「お邪魔をいたしまする。お役目の帰りに寄らせていただいたが、よろしいかの」

「お屋敷にお戻りもなさらず、おいで下さいましたか。主《あるじ》も喜びまする。どうぞ、奥へ」

番頭が感激した。

出雲屋は日本橋でも古い綿問屋であった。全国から綿を集め、夜着や綿入れなどを作る職人へと卸す。得意先は江戸だけでなく、上総《かずさ》や下総《しもうさ》、相模《さがみ》にいたるまで、かなり手広く商売をしており、内証は相当裕福であった。

「出雲屋どの、調子はいかがかの」

居室へ入った良衛は、寝ている出雲屋へ声をかけた。

「おかげさまで、ずいぶん楽になりましてございまする」

横になったままで出雲屋が答えた。

出雲屋は今年で四十歳になった。三代続いた出雲屋をさらに大きくした遣《や》り手だったが、その無理がたたって腰を痛めた。豪商らしく、江戸でも名の知れた医者を出入りとしていたが、弥須子の実家今大路家の紹介で、良衛の患者となっていた。

「ちょっと拝見」

良衛がうつぶせになった出雲屋の身体をさわった。

「……ふむ。背筋の張りはましになって来ておるようでございますな」

「はい」

出雲屋がうれしそうにうなずいた。

「このままで無理をしなければ、十日ほどで床上げができましょうが……」

「なにか……」

今度は不安そうな声で出雲屋が良衛を見た。

「かなり長く寝たきりでおられたので、足腰が弱ってしまっておりまする。これを早くもとに戻さなければ、歳を取ったときに足弱となってしまいまする」

「いかがすれば」

「さようでござるな。明日《あした》から一日小半刻《とき》（約三十分）だけ、家のなかをゆっくり歩いてみましょうか。もちろん、いざというとき支えられる御仁を隣につけていただいて」

　良衛が指示した。

「わかりましてございまする」

　出雲屋がしたがった。

「先生、そろそろ貼り薬がなくなって参りました」

　側で控えていた妻女が述べた。

「わかりました。のちほどどなたかをよこしていただけますか。お渡しいたしますので。ああ、あと二軒回らなければならないところがありますので、昼からでお願いいたしたい」

　求めに良衛が応《こた》えた。

「ありがとうございまする」

　妻女が頭を下げた。

「では、また参りますので。お大事になされますよう」

良衛は出雲屋を出た。

医師への謝礼はなかった。医は仁術であるため、金銭のやりとりを卑しいものとして拒絶する習慣であった。しかし、それでは医者は生きていけない。そこで考え出されたのが、薬料であった。

薬は原価がかかっている。診療のように、知識という目に見えないものではなく、薬草や木の根などを使用した形あるものである。代金が生じても、医は仁術に反しない。

そのほかに、助けてもらった御礼は当然である。神頼みでさえ、お礼参りというものがあるのだ。薬料と並んで挨拶《あいさつ》という名の御礼も医師の収入として大きなものであった。

挨拶は節季ごとにかかりつけている患家より、届けられる。お菓子や食べものに少しお金をつけたものが多かった。

この二つが、医者の収入の両柱であった。

「ただいまもどりましてございまする」

往診を終えて屋敷へ良衛が帰ったのは、昼をわずかに過ぎていた。

「お帰りなさいませ」

玄関で妻の弥須子が出迎えた。

本来百五十俵くらいでは玄関を作ることは許されなかった。ただ、医師だけは、患者が駕籠で来ることなどを考え、玄関と式台を備えることが認められていた。

「湯の用意ができておりまする」

「ああ」

朝食もまともに摂《と》っていないため、かなり空腹だったが、良衛は黙って妻の言葉にしたがった。

江戸は坂が多く、水の便の悪い土地である。そのため、上方風の大きな湯船を装備したものではなく、蒸し風呂《ぶろ》が常識であった。

風呂の片隅に人が入れないほどの小さな湯船が備え付けられ、そのなかには熱湯が満たされている。そこからわき出た蒸気で、風呂のなかを満たすのだ。

ふんどしもはずして風呂へ入った良衛は、床に腰掛け、じっと汗が噴き出してくるのを待った。

蒸気に熱せられて、全身から脂汗が湧いてくる。それを竹のへらでこそげ取るようにすると、垢《あか》が糸のように丸まって出てくる。その後湯船にあるお湯を手桶《ておけ》で汲《く》み、隣に用意されている桶の水でぬるめて身体に被《かぶ》るのだ。

髪の毛は別に洗うのだが、表御番医師になったときに剃《そ》った良衛はしなくていい。

小半刻ほどで風呂を出た良衛は、きちっと衣服を身につけた。

「お医師たるもの、いつなんどき患者が来てもあわてることのないよう。それに人というものは、見た目で相手を判断するもの。医者としての技量を疑われてしまえば、効く薬も効かなくなりまする」

結婚するまえから、弥須子が口うるさく言ったからであった。

もともと矢切家は医科の家柄ではなかった。小普請組に属する御家人であった。ただ、普通の御家人ではなく、金創医を兼ねていた。

かつて戦国のころ、戦場では怪我人が続出した。何百、何千という兵が、弓矢鉄砲、槍《やり》刀で武装して戦うのだ。当然、その治療をおこなう者が要った。とくに刀で斬られたり、槍で突かれたりした傷、金創を治療する者が求められた。

しかし、腕一つで一国一城の主になれるという乱世で、戦場にいながら金創の治療だけをしようとする男は少ない。

またいても戦いに出たくない臆病《おくびょう》者であった。なにせ、敵から襲われないように、目立つからといって髪の毛を剃るほど恐がりなのだ。

行く前から腰のひけた連中である。戦いが不利になれば、真っ先に逃げていく。となると、かろうじて生き延びた、あるいは勝ちを拾った戦いで、終わってみれば金創医が一人もいないという事態におちいる。

また一人、二人いたところで、大名、その一門、重臣たちが優先され、一般の兵や足軽にまで回ってこない。

戦場で命がけで働いて、矢傷、刀創を負ったのに、まともな治療さえ受けられない。これではたまったものではないと、兵や足軽のなかから自然と治療のまねごとをする者が出てきた。その一人が矢切家の先祖であった。

矢切というのも、そこからつけた名前である。

戦場で面倒なのが矢傷であった。

槍傷はまず助からない。腹を突かれたら、おおよそ三日で死ぬ。かすり傷か、腕、足以外の槍傷は見捨てるしかないのだ。対して矢傷は助かる。矢は当たった瞬間で決まる。即死か、そうでないか。もちろん、即死しなくとも、肺腑《はいふ》を貫かれたりしていれば、いずれ高熱を発して命を落とす。だが、それ以外はまず助かる。

となれば、戦場で矢傷への対応が求められるのは当然であった。

矢傷はほとんどの場合、鏃《やじり》が身体のなかに残る。それを取り除くことが治療の第一となった。鏃には返しがついている。そのまま引き抜いては、一層傷が拡がってしまう。思いきって貫いていくほうが、後の治りがいい。かといって矢羽根があるから、まっすぐ押しても抜けてくれない。そこで、矢を途中で切って短くしてから、突きとおすことになる。ここから矢切の名前は生まれた。

矢切家は、徳川家の足軽頭として戦場へ行き、終わった後は金創医として活躍した家柄であった。

だが、それも徳川家が天下を取り、戦がなくなるまでのことである。金創など、戦がなくなれば消える。女房が振り回した庖丁《ほうちょう》で亭主が切られた。せいぜいこのくらいしか金創医の出番はない。矢切家と同様に金創もやっていた者たちは、さっさと医術に見切りをつけ、天下人の御家人として生きて行く道を選んだ。

ただ矢切家だけが、違った。御家人となった矢切家の初代は、培ってきた技術の消失を惜しみ、子々孫々へ伝えた。また、幕府も創世のころはいつ戦があるかわからないとのおそれを抱えていたため、いわば兼業といえる矢切家の金創医としての活動を認めた。

こうして矢切家は、御家人のなかでただ一軒の家として代を重ねた。

といったところで、医学は日々進歩していく。戦場で生き延びるために生まれた知識の裏付けのない、経験だけの医術など廃れるにときはかからなかった。

「矢切家の存続にかかわる」

幕臣となって三代目にあたる良衛の父、蒼衛《そうえい》が決断した。蒼衛は、十五歳になったばかりの良衛を、医師杉本忠恵《すぎもとちゅうけい》のもとへ修業に出した。

杉本忠恵は幕府お抱え医師の一人で、南蛮渡りの和蘭陀《オランダ》流外科術の継承者である。

和蘭陀流外科術は、慶長十四年（一六〇九）に来日したポルトガル人宣教師クリストファン・フェレイラが持ちこんだ。異国の最新技術を教えるために、診療所を開設したクリストファン・フェレイラだったが、慶長十八年キリシタン禁令が幕府から出されたため、身を潜めざるを得なくなった。その後も、隠れながら、医療と布教活動を続けたクリストファン・フェレイラは訴人する者があり、寛永十年（一六三三）に大坂で捕まった。

江戸へ運ばれたクリストファン・フェレイラは、宗門改めの激しい拷問を受けた。むち打ち、石抱きと耐えたクリストファン・フェレイラも、穴つるしには勝てなかった。

穴つるしとは、地面へ掘った穴へ逆さに吊《つる》す拷問である。頭に血がのぼり、すさまじい痛みをもたらす。そのうえ、死なないようにこめかみに傷をつけ、そこから血を流させることで、苦しみを延々と続かせる。これでクリストファン・フェレイラが落ちた。

「神の使徒たるわたくしの苦しみを助けてくれぬ。神などいない」

「死にまさる苦しみに耐えたわたくしを、神はその膝元《ひざもと》に招いてさえくれなかった」

助けの手がこなかった、死ねなかった。信仰心を恨みに変えたクリストファン・フェレイラは、沢野忠庵《さわのちゅうあん》と名前を変え、今までとは逆にキリスト教徒を弾圧する宗門改めの協力者となった。

転び伴天連《バテレン》の沢野忠庵は、幕臣の娘を娶《めと》り、キリシタンを迫害するかたわら、己の学んできた医学をまとめた。のち、これがまとめられて『南蛮流外科秘伝書』となる。

この南蛮流外科を継承したのが、杉本忠恵であった。

沢野忠庵の娘婿であった杉本忠恵は、南蛮流外科術をよく学び、名医の名前を恣《ほしいまま》にし、やがて二百俵で幕府お抱え医師となった。

その杉本忠恵のもとへ、良衛は弟子にはいった。

とはいっても世はキリスト教を禁止している。それにかかわるものも忌避された。杉本忠恵の医術を誰もが認めはしたが、それを学ぼうとする者は少なかった。

「患者を診るのは、後だ。まずは、学を修めよ」

迫害されているに近い南蛮流外科術を学びたいという良衛に、杉本忠恵は真摯《しんし》に対応してくれた。

南蛮流外科術のもととなった沢野忠庵の診療記録を惜しげもなく、杉本忠恵は貸し与えた。

「人の身体は、骨についた筋が縮むことによって動く。その筋に力を与えるのが、血であり、どう動けと指示するのが神経だ」

基礎から杉本忠恵は教えた。

「神経が命令を出すのでございますか」

「耳をすましても聞こえぬぞ」

己の手に耳をあてた少年良衛へ、杉本忠恵が笑った。

「どうやって命令を伝えているかはわからぬ。だが、神経が切れると筋は動かなくなる」

「なるほど」

良衛が納得した。

一から学んで八年、ようやく杉本忠恵の代診ができるようになった良衛は、師の奨めで京へと遊学した。

「医とは人を診るもの。外科だけではたらぬ。内なるを知らねばならぬ。そのためには、本道も学ばねばならぬ」

杉本忠恵は蒼衛を説得し、良衛を京の町医、名古屋玄医《なごやげんい》のもとへ送り出した。

「忠恵どのの弟子か。ならば、使いものになろう」

町医でありながら、京一といわれた名古屋玄医には多くの弟子入り希望者がいた。

「やる気のない者に教えるほど暇ではない」

名古屋玄医の厳しさは有名であった。それに良衛は付いていった。

もともと日本古来の曲直瀬道三《まなせどうさん》流医術を学んでいた名古屋玄医は、伝統を重んじ新進を厭《いと》う気風に疑問を感じていた。

そのとき、明《みん》から渡ってきた『傷寒論《しょうかんろん》』に名古屋玄医は触れた。実証的な医療をもって治療に当たるべしという考え方の『傷寒論』は、たちまち名古屋玄医を魅了した。名古屋玄医は、その教えに従い、効果のある治療法や薬餌《やくじ》をもちいて、たちまち名医の評判を手にした。

「本道は漢方がよく、外道は南蛮がいい」

こう考えていた名古屋玄医にとって、良衛はまさに理想の弟子であった。

七年、京で修業を積んだ良衛は、父蒼衛の病を報《しら》され、江戸へ帰ることとなった。

「まだまだ足りない。医者は死ぬまで学問だ」

餞別《せんべつ》代わりだと両手では持てないほどの本をくれた名古屋玄医に見送られて、良衛は江戸へ戻った。

「すでに吾《われ》など足下にも及ばず」

良衛の医者としての技術を確認した蒼衛は家督を譲るなり、得度して青梅《おうめ》村の寺へと移住してしまった。

三

矢切家はその性質から、代々無役であった。役目をもてば、医者としての仕事ができなくなる。無役のため役料はもらえなかったが、代わりに医者としての収入があり、百五十俵ほどの御家人としては、そう貧しくはなかった。

母は良衛が十歳のおりに他界していた。父は隠居し、妹はすでに嫁いでいる。良衛は、薬箱持ちの老爺《ろうや》と台所仕事をする女中の三人で暮らしていた。杉本忠恵、名古屋玄医、二人の名医仕込みの医術は確かとの評判を呼び、門前に市なすほどではないが、待合にはいつも誰かがいるという状況となったころ、矢切家の玄関に立派な黒塗りの駕籠《かご》がついた。

「ご当主はご在宅か」

供頭らしい侍の問いに、応《こた》えたのはちょうど患者の見送りに出た良衛であった。

「わたくしでございまするが。失礼ながら」

「拙者、今大路家で用人を務めまする島大膳《しまだいぜん》と申す者」

良衛の問いに、供侍が名乗った。

「今大路……」

江戸で医者をしている者ならば、知らないはずのない名前に良衛は驚愕《きょうがく》した。

「玄関先でお話しするわけには参りませぬ。とてもお通しできるようなところではございませぬが、奥へ」

あわてて良衛が島大膳へ言った。

「兵部大輔《だゆう》さま。お出ましを」

島大膳が、駕籠へ声をかけた。

「うむ」

なかから応諾の返答があり、駕籠の扉が開いた。

「矢切良衛か。兵部大輔である」

出てきた壮年の立派な体軀《たいく》の男が、今大路兵部大輔親俊《ちかとし》であった。

「とにかく奥へ」

「承知」

良衛の誘いに、今大路がうなずいた。

今大路兵部太輔親俊、剃髪《ていはつ》して道三《どうさん》と号すは、幕府の典薬頭であった。戦国の名医、曲直瀬道三を先祖に持ち、徳川家康の誘いで関東へ下向、代々典薬頭を継承してきた。半井《なからい》家とともに、幕府の医療を扼《やく》する大物であった。禄《ろく》も一千二百石と、良衛とは身分が違った。

「お恥ずかしいが」

そこそこ収入はあるといっても、御家人である。茶を買うような贅沢《ぜいたく》はしていなかった。良衛が饗《きょう》せたのは、白湯《さゆ》であった。

「いただこう」

湯気の立つ白湯を今大路親俊が口にした。

「いい水だな」

今大路親俊が少し目を大きくした。

「お褒めにあずかり、恐悦でございまする。庭に井戸がございまして」

医者の家に水は必須《ひっす》であった。治療にも調薬にも水は使う。元来江戸は水の悪い土地で、多摩《たま》川から水道を引いてようやく日常の生活ができるような状態であった。

井戸を掘るのも難しく、かなり深くまで進まないといい水はでなかった。矢切家は、屋敷を賜ったときに、医療のためと幕府へ願って井戸を掘っていた。

「患家が多いようじゃな」

湯飲みを置いて今大路親俊があらためて口を開いた。

「おかげさまをもちまして」

ごく普通の世辞を良衛は返した。

「たしかにの」

「…………」

世辞に大きく首肯した今大路親俊に良衛は沈黙した。

「名古屋玄医の弟子だそうじゃな」

「はい。不肖ではございまするが」

良衛が謙遜《けんそん》した。

「知っておるとおり、玄医に医術の手ほどきをしたのは、京に残った曲直瀬の一門である」

「存じておりまする」

今大路の言葉に、良衛は首を縦に振った。

「すなわち玄医は我が一門である」

「はあ」

あいまいな答を良衛はした。

京で産まれた名古屋玄医は病弱であった。幼少から病とともにあった名古屋玄医が医者を目指したのは当然といえた。当時、京で医術といえば、稀代《きたい》の名医として天皇家の侍医を務めた曲直瀬道三の流れが主流であった。

医者を目指す者は、まず徒弟となって修業する。名古屋玄医も曲直瀬流の本道医師のもとへ入門した。のち、曲直瀬流の因循姑息《こそく》さに、傷寒論へ傾倒したが、破門されたわけではない。名古屋玄医が曲直瀬流の一門であるというのは、まちがいではなかった。

「となれば、玄医の弟子である矢切も一門」

「畏《おそ》れ多いことでございまする」

良衛は頭を下げたが、今大路親俊の意図が読めず、困惑した。

「矢切」

今大路親俊が、声音を変えた。

「なんでございましょう」

「嫁をもらえ」

「えっ」

あまりの言葉に良衛は礼儀を忘れ、間の抜けた返答をした。

「儂《わし》の娘の一人をくれてやる」

「……なにを仰せに」

混乱した良衛は、問い直すしかなかった。

「我が今大路家は、神君家康《いえやす》公より直接幕府の医官の長を命じられた家柄である」

「…………」

質問を無視して語り出した今大路親俊に、良衛は唖然《あぜん》とした。

「そのとき、家康公は、代々典薬頭を世襲する限り、医術の研鑽《けんさん》を怠るなかれと先祖正紹《まさつぐ》にお言葉をくださった」

天下の名医と言われた曲直瀬道三の息子正紹が、徳川家の旗本として仕えた。

「わかるか。今大路家は当代一の医家たる宿命を負わされているのだ」

「はあ」

他家の歴史などどうでもいい。良衛は気のない返事をした。

「しかるに、将軍家の診察をいたしたのは、正紹の跡を継いだ親清《ちかきよ》まで。それ以降、父親昌《ちかまさ》、余の二代にわたり、典薬頭には任じられたが、お召しはない」

「…………」

同意することもできず、良衛は沈黙を守った。

「将軍の医者、これが今大路家の誇り。だが、それも今は微塵《みじん》となって散った。幕府の医師たちは、杉本忠恵を始めとして、その出すらわからぬ者ばかり」

「お言葉が過ぎましょう」

師をどこの馬の骨かと言われては、黙っていられなかった。

「最後まで人の話は聞け。儂は杉本忠恵を馬鹿にしているわけではない。その医術を高く買っておるのだ」

口を挟まれた今大路親俊が不快だと言った。

「……ご無礼を」

矢切家は幕府の医官ではなく、ただの小普請組である。小普請組とは無役の御家人が配属されるところで、小普請組頭の支配を受ける。今大路家とは上下関係をもっていないとはいえ、身分が違いすぎる。今大路親俊を怒らせれば、明日《あした》には罰がくだされかねない。良衛は詫《わ》びた。

「患者を治して、初めて医者といえる。今大路家は名医でなければならぬのだ」

「…………」

良衛は、ほんの少し今大路親俊に同情した。かの織田《おだ》信長《のぶなが》や豊臣《とよとみ》秀吉《ひでよし》、徳川《とくがわ》家康《いえやす》ら戦国の英傑を治療し、天下の医者と言われた曲直瀬道三の子孫にかけられた期待の重さは、どれほどのものか良衛には想像も付かない。が、相当なものだろうとはわかった。

「本道の医者は経験が要る。もちろん外道も同じだが、外から見えるだけ、皮膚の下、肉の下を診る本道は外道よりは楽じゃ」

本道の医者は外道を軽く見る風潮があった。

「努力次第で外道は、若くとも修められる」

「はあ」

たしかに直接内臓の様子を確認できない本道は、よく似た症状の治療を数多く経験しておかなければ難しい。それでも触診などで、あるていどはわかる。歳を経ていなければならないという今大路親俊の説に良衛は賛同できなかったが、口にするほど愚かではなかった。

「しかし、若いといえども皆不惑をこえる。そなたの師杉本忠恵もお召し出しになったのは、五十歳近くになってからだ」

　今大路親俊が述べた。

　町で名医と言われる人物でも、幕府から召し出される者は少なかった。当然である。身元の知れない者を江戸城奥深くへ入れるのだ。それだけではない。その者の煎《せん》じた薬を役人が、大名が、いや将軍が口にするかもしれない。万一のことがあっては大事になる。町医の召し抱えは慎重の上にも慎重を重ねた。ゆえに、召し出される医師は、そのほとんどが四十歳以上となってしまった。

「その点、そなたには召し出しの手間が要らぬ」

「…………」

　たしかに矢切家は微禄《びろく》とはいえ、御家人である。身元を確認しなくてもいい。

「わかったか」

　そこで今大路親俊が話を終えた。

「申しわけございませぬが、わかりませぬ」

　長い割に要点があいまいで、良衛には理解できなかった。

「情けない……」

　今大路親俊が眉《まゆ》をひそめた。

「そんなことで、病人を治せるのか」

「いかに典薬頭さまとはいえ、礼を失しておられましょう」

良衛は怒った。

「わたくしの腕が典薬頭さまに及ばないことは承知しておりまするが、このような未熟なわたくしでも頼ってくださる患家がおられるのでございまする」

「……言い過ぎたやも知れぬ」

毅然《きぜん》として言い返した良衛に、今大路親俊が引いた。といっても頭を下げはしなかった。

「今大路が新しい医術を求めているのはわかったであろう」

「はい」

「しかし、修業を積むには余裕がない。儂は典薬頭として薬草園の管理をし、曲直瀬流の医術を本としてまとめなければならぬ。多忙を極めておる」

「存じております る」

今大路、半井の両家は、典薬頭として幕府から預けられた薬草園を管理するという役目があった。

薬草はどこにでも生えるものではない。気候風土、水、日照など、厳密な管理が要るものがほとんどで、手間は異常なほどにかかった。

他にも医の技術を後世に残すという仕事も典薬頭の任である。過去の資料などを読み解くだけでもたいへんだが、放置しておくと紙は虫に喰《く》われたりして判読できなくなっていく。それを防ぐには管理するのも重要だが、万一に備えて写しを取っておくべきであった。

「それも単に写せばいいというものではない。昔からの記録には、まちがいもある。数多いなかから取捨選択し、真に伝えるべきだけを残す。それには、十分な古法の知識がなければならぬ」

今大路親俊が胸を張った。

「とても新しい医術を学ぶ暇などない」

「さようでございますか」

良衛はそろそろ相手をするのが苦痛に感じてきていた。

「では、お弟子のどなたか、ご子息さまにでも」

「息子はだめだ。曲直瀬流を身につけさせねばならぬ。曲直瀬道三の血を引く今大路家の跡継ぎとして、それは絶対になさねばならぬ」

「はあ」

「弟子どももだめであった。誰も曲直瀬流を離れることをよしとせぬ」

ため息を今大路親俊が吐いた。

曲直瀬流は本道の中心である。本道の医者としてやっていくならば、今大路家の認可ほど価値のあるものはない。今大路家で代診をしていたとの経歴でもあれば、諸大名の出入りもできる。生涯食べていくのに困らない先が待っている。それを捨てて、師の命に応じるなど、あり得なかった。そういう気概のある者なら、最初から今大路ではなく、名古屋玄医や杉本忠恵の門を叩《たた》いている。

また、もし他流へ修業に出たとして、うまくいけばよいが、失敗したときは今大路の認可さえ危なくなる。いや、それどころか、蜥蜴《とかげ》の尻尾《しっぽ》切りとばかりに破門されるかもしれないのだ。喜んでしたがう者などいるはずもなかった。

「でだ。ここに簡単な解決法がある」

「……まさか」

嫌な予感を良衛は覚えた。

「吾《わ》が娘を嫁がせて、あらたな一族を増やせばいい」

「それでわたくしに」

良衛が確認した。

「そうだ。実績のある南蛮外科術の遣い手で独身《ひとりみ》の男は、そなただけであったからな」

「…………」

唖然《あぜん》とした良衛は言葉を失った。

その許しを得なければできなかった。

「お待ちくださいませ。御家人の婚姻には、組頭さまのお許しが要りまする」

矢切家は小普請組に属している。縁組み、相続、隠居などはすべて組頭に届け出で、その許しを得なければできなかった。

「組頭どのには儂《わし》から話す。ではな」

良衛の応諾を聞かず、今大路親俊が帰っていった。

「面倒なことを」

見送った良衛は大きく嘆息した。

家の継承は侍最大の義務であった。先祖が命を賭《か》けて手にした禄《ろく》を代々受け継いでいく。これは子孫の役目であり、そうすることで末代まで喰える。禄は何をしなくてももらえるのだ。

良衛も矢切家の当主である。いずれ妻を娶《めと》り子をなさねばならないとは理解していた。だが、今は家を継いだばかりで、医術の研鑽《けんさん》にも忙しい。わかってはいても婚姻のことなど考えてもいなかった。

「身分が違いすぎる」

矢切は将軍に目通りできない御家人である。対して今大路家は目見え以上であるのは当然、一千二百石と石高も多いが、なにより旗本でも珍しい従五位下を世襲する名門なのだ。

「こんなことならば、京でもらってくればよかった」

名古屋玄医のもとで修業している先達のなかには、良衛の将来を見こんで、娘を嫁にと言ってくれた者もいた。ただ、良衛にその気がなかったことで、話は流れていた。

「今から探すか」

良衛が一人呟《つぶや》いた。

御家人の家は貧しい。百五十俵ほどの禄米では、家族が食べていくので精一杯である。そこに軍役として道具をそろえ、武術を身につけねばならない。さらに今の五代将軍綱吉《つなよし》は学問好きで、勉学を奨励している。無学でもいいとは言えなくなってきていた。武術にせよ、学問にせよ、習うとなれば金がかかる。だが、禄米は出世でもしない限り増えない。となれば、少しでも食い扶持を減らしたくなる。御家人の家では、娘を早くから嫁にやろうと苦心していた。

しかし、良衛への縁談はほとんどなかった。原因は矢切の家柄の微妙さにあった。医業を認められる代わりに、矢切家は役目を与えられない。

幕臣は、禄米で生きる決まりであった。幕府から給される禄よりも副業が優《まさ》れば、どうしてもそちらに比重は傾く。それこそ、幕府の基盤である忠義がゆらぎかねない。その怖れがある矢切家に、役目など与えられようはずもなかった。

役目を与えられない。これは、出世させないと同義であった。つまり矢切家は子々孫々まで百五十俵五人扶持の境遇から抜けられないと宣言されているも同じなのだ。そんな将来のない家へ娘をやりたいと思う親はいなかった。

「…………」

いろいろ考えながら、良衛は薬研《やげん》を使った。

種々の漢方材料をすりつぶして、混ぜ合わせる薬研は医師にとって必須《ひっす》の品であり、暇さえあれば使わなければならないものであった。

単純な作業というのは、没頭できる。やがて良衛は、今大路親俊のことを忘れ、薬の調合に勤《いそ》しんだ。

四

医者の毎日は忙しい。午前中は屋敷へやってくる患者を診療し、午後からは動けない患者のもとへ往診に出かける。夕餉《ゆうげ》のあとは薬研を使っての薬作りと、のんびりする間などなかった。

「おかげさまで、何を食べても大丈夫になりました」

朝一の患者がうれしそうに報告した。

「そうか。ちゃんと薬を続けた結果だな。しかし、よくなったからといって、従前のように酒を浴びるように飲んではならぬぞ」

「少しくらいならよろしゅうござんしょう」

腕のいい大工だという患者が、情けなさそうな顔をした。

「一日一合までだな」

酒毒で胃の腑《ふ》を荒らした大工である。良衛は摂取制限をかけた。

「一合だけとは、殺生な」

泣きそうな声を大工が出した。

「血を吐いたのを忘れたか。酒で胃の腑の内側が荒れたのだぞ。今回は、それですんだが、次は胃の腑に穴が開く。穴が開けば、そこから食べたものが身体のなかで漏れ、腐る。そうなれば、肝の臓や脾臓《ひぞう》が侵され、もだえ苦しんで死ぬことになる。それでもいいというか」

良衛が叱った。

「女房子供がいるのだろう。長生きしてやらねばならぬ。せめて子供が所帯をもって独り立ちするまでは、稼がねばなるまいが」

「……へい」

大工が首をすくめた。

「薬はもう少し続けなさい。作っておくからあとで取りにこい。もう診察には来なくていい」

「ありがとう存じまする」

何度も頭を下げて、大工が帰っていった。

午前中は、ひっきりなしに患者が来た。これは良衛の腕がいいというよりも、薬料が安いというのが主な原因であった。

なにせ禄米があるのだ。薬を購入する代金と引き合わないのはさすがに困るが、別段大金を求めているわけでもない。そうでなくとも、周囲の御家人たちからは、うらやましげな目で見られている。大もうけでもした日には、なにを言われるかわからなかった。

「今のお方で最後でございまする」

三造が告げた。

「多かったな」

良衛は、大きく伸びをした。

「昼餉《ひるげ》のあとでいく往診は二軒の予定だ」

「へい」

指示に三造が首肯した。

昼餉といっても、あらたになにか作るわけではなかった。朝炊いた飯の残りと漬けもの、いくつかの具を入れた味噌汁《みそしる》だけであった。

「馳走《ちそう》であった」

食べ終わった良衛のもとへ、三造が来た。

「御支配宮部丹後守《みやべたんごのかみ》さまよりご使者でございまする」

「宮部丹後守さまからだと」

良衛は目を見張った。

宮部丹後守は、小普請支配である。矢切家もその配下になった。

小普請とは、その名のとおり江戸城の小さな修繕などを担当する役目であった。戦国が終わり、天下泰平となった幕府が余剰人員となってしまった旗本、御家人の受け皿として作った。といったところで、旗本御家人に大工や左官のまねごとはできない。そこで、なにもしない代わりに、大工、左官などを雇う日当を負担させることとし、小普請金というものを納めさせた。当然、他の役目のように役料や手当金などはつかない。そのうえ、金まで取られるのだ。小普請組は、旗本、御家人の墓場とまで言われていた。

となれば、その境遇から抜け出したいと思うのが普通である。しかし、有力な伝手《つて》を持つ者以外には、たった一つしか手段はなかった。

小普請支配、別名小普請組頭の推薦状をもらうことであった。

幕府の役職は数に限りがある。旗本、御家人の総数に比べればはるかに少ない。しかし、隠居したり、病気になったりして辞めていく者は出る。その席を争うには、それなりの能力があることを証明しなければならなかった。

それが小普請支配の推薦状である。

小普請支配といったところで、配下すべてを知っているはずなどなかった。それこそ、名前さえ知らない者ばかりである。そのなかで役目への推薦状をもらおうと思えば、どうにかして気に入られなければならない。

もっとも簡単な手段は付け届けであった。

人というのは、ものをもらうと弱い。気を遣ってもらっているというだけでも、気持ちがいい。何もしない者とくらべて、どちらを推薦するかといえば、ものをくれた者となるのは当たり前である。

では、ものを贈りたくても贈ることのできない貧しい者は、永遠にうかばれないかといえば、そうでもなかった。

そのような者への救済として、応対日というのが設けられていた。月に何度かある応対日は、役目へ就きたいと願う小普請組の者と支配が直接面談できた。そこで、自分を売りこむのだ。

贈りものと応対、この二つが小普請組から脱するための方法であるが、矢切家にはともに縁がない。なにせ、末代まで小普請組と決まっている。

さすがに正月の挨拶《あいさつ》には出向くが、今まで一度ものを贈ったこともなく、応対にいったこともないのだ。そんな良衛を小普請支配が呼ぶ。用件は一つだけしか考えられなかった。

「お出《い》でいただきたいとのことでございまする」

使者が宮部丹後守の口上を伝えた。

「今から」

「さよう」

宮部丹後守の家臣が、当然だという顔をした。

小普請組の者が、支配の要請を断る。それは生涯、冷や飯を喰わせてくださいと言うのに等しい。

「往診がございまして。それを終えてからでよろしければ」

良衛は要請の延期を求めた。

「な、なにを」

家臣が目を剝《む》いた。

「ご存じのとおり、矢切家は医師としての兼業を許されておりますれば、患家を優先いたさねばなりませぬ」

「あ、主《あるじ》に確認して参る」

あわてて家臣が帰っていった。

「陪臣のくせに態度のでかい者でございました」

見送りに立った三造が、戻って来るなり不満を述べた。

「己の主君の権を、吾《わ》がものと思ってしまっておるのだ。無理もない。支配の家臣に嫌われれば、応対も難しくなるし、どのような悪口を言われるかわからぬからな。小普請組から出たい者としては、機嫌を損ねるわけにはいかぬ。まあ、気にするな」

三造を良衛はなだめた。

「そろそろ往診に出向く。さきほどの使者が戻って来るだろう。薬箱は己で持つ。三造は留守を頼む」

「お供しなくてもよろしいので」

薬箱は頑丈な木箱でできているため、結構重い。三造が気遣った。

「大事ない。これくらい刀に比べれば、軽いものだ」

良衛は笑いながら首を振った。

「いってくる」

薬箱を左手に持って、良衛は屋敷を出た。

武家は太刀を扱う関係上、利き腕をあける習慣があった。また、鞘《さや》を当てては問題が起こりやすいので、左側を歩くのも決まりであった。左に大きな薬箱を持っている良衛は、人の流れから少しだけ右へ出ることになり、かなり目立った。

「先生、往診でございますか」

正面から来た商人が小腰を屈《かが》めた。

「陸奥屋《みちのく》どのではないか、お内儀はお変わりないか」

良衛も足を止めた。

「おかげさまで、最近は咳《せき》も出なくなりましてございまする」

うれしそうに陸奥屋が答えた。

「それは重畳。しかし、これから寒くなるので、油断をせぬようにな」

「はい。では」

陸奥屋が小腰を屈めて離れていった。

一軒目は、子供であった。

「どうだ。出たか」

側についている母親へ、良衛が訊《き》いた。

「はい。大量に……」

母親が身体を震わせた。

子供の病気は寄生虫であった。急に体力を無くし、痩《や》せ始めた子供を心配した両親は、無理にいろいろな食べものを口にさせていた。それでも子供の病状は好転せず、困った末に良衛のもとへやってきたのであった。

痩せた子供の腹だけが出ているのを見て、すぐに良衛は虫だと気づいた。

「二日間、水以外のものをやってはいかぬ」

「そんな、二日も食べなければ死んでしまいまする」

最初良衛の治療を聞いた母親が猛反対した。

「これは腹のなかに虫が住み着くという病気じゃ。腹のなかに虫がいるゆえ、喰《く》ったものを全部横取りされて、いくら食べても身につかず、弱っていく。だから断食するのだ。そして胃の腑《ふ》を空にしたところで、虫下しの薬を飲む。口いやしい虫が断食させられたのだ。空腹の限界だろう。そこへなにか入ってきた。愚かな虫は、それを己を殺す薬とは知らず、むさぼるはずだ」

「効果が高いと」

共にいた父親が確認した。

「うむ。普通ならばこうまでせずとも、ゆっくり虫下しを与えるだけでもなんとかなったろうが、少し手遅れ気味だ。早く終わらせねば、ご子息の体力がもたぬかもしれぬ」

　良衛が告げた。

「わたくしどものやったことで、子供に負担が……」

　母親の顔色が変わった。

「いや、親ならば当然のことをしただけだ。子が痩せれば、うまいものを喰わせてやる。そう思うのは、親なればこそなのだ。まちがっていたわけではない」

　優しい口調で良衛は母親をなだめた。

「ご子息の好きなものを作って食べさせたのであろう」

「はい」

　母親がすがるような目で良衛を見た。

「では、三日先に食べさせてあげられるよう、準備をなされよ。さぞやお腹を空かせておられるだろうからの。そんなときは、母親の作った料理が恋しいものだ。ああ、いきなり重いものはいかんぞ」

「わかりましてございまする」

　ようやく母親の顔に血色が戻った。

「ありがとうございまする」

　父親が頭を下げた。

「では、二日絶食させて、この薬を。三日後にもう一度参りまする」

虫下しを処方して、良衛は一度帰った。

そして今日がその三日目であった。

「便所に捨ててはおられませぬな」

「お言いつけどおり、まとめて焼きました」

問われた父親が報告した。

「虫は人の糞《ふん》に付きまする。そしてその糞を肥料として使う。その野菜を食べるために、虫が身体に入ってしまう。ただ、虫はよく洗えば流れますので、今後はお気を付けられるよう」

あとのことを良衛は指示して、患家を辞した。

「先生、お薬代を」

後を追ってきた父親が、薬箱のなかへ紙に包んだ金を入れた。

「お大事に」

そう言って、良衛は金を受け取った。

もう一軒は、先ほどの商家と違い、御家人であった。

「ご主人のご様子はいかがかな」

出迎えた妻女へ良衛は問うた。

「おかげさまで、少しは楽なようでございまするが……」

妻女が口ごもった。

「……拝見しましょう」

良衛は座敷へあがった。

患家は八十俵の御家人であった。八十俵とは同心に毛の生えたていどの禄《ろく》でしかなく、それでいて一定の格を維持せねばならぬだけに、内証は相当に貧しかった。

「ご免」

「先生か。かたじけない」

まだ若い当主は、夜具のなかで頭を上下に動かして、挨拶《あいさつ》の代わりとした。

「伊田《いだ》どの、調子はいかがか」

脈を取りながら、良衛が話しかけた。

「昨今、あまり胸が苦しくなくなり申した。これもひとえに先生のおかげでござる」

伊田が答えた。

「それは結構。食は進んでおられますかの」

「粥《かゆ》を口にするていどではございまするが、三度食べておりまする」

「…………」

述べる伊田の向こうで、妻女が小さく首を振っていた。

「労咳《ろうがい》の病に特効の薬はございませぬ。体質を変えて病に打ち勝つしかございませぬ。なによりも体力が要りようでござる。それには、卵や白身の魚など身体によいものを召しあがらなければなりませぬぞ」

「はあ……」

貧乏御家人の家で卵や魚を毎日工面できるはずはなかった。伊田が苦笑した。

「では、また参りましょう」

ひとしきり、胸を触り、舌を出させた良衛が診察を終えた。

「美絵《みえ》、お見送りを」

「はい」

夫に言われて、妻女が良衛の後に続いた。

「お薬はどういたしまするか」

病間を離れたところで、良衛が尋ねた。

「……申しわけございませぬ」

美絵が辛《つら》そうな顔をした。薬代は高い。少なくとも一ヵ月で一分、多いときは数両をこえるときもある。八十俵で無役の御家人では、なかなかに払えるものではない。

また、良衛もただで薬を与えたり、安く分けたりすることはしなかった。

「さようか。では、できるだけ滋養のあるものを食べさせ、睡眠を取るようにな」

「はい」

「念のために申し添えるが、房事はお控えになられるように。労咳の方は、意外と精を出されたがるが、房事は体力をいたく消耗する」

「……気を付けまする」

顔を伏せて美絵が応じた。そのようすから、かなり夫婦の営みをおこなっていると良衛はさとった。

「ではな」

良衛は、伊田家を後にした。

「きついな」

小さく良衛はつぶやいた。

「医者は患者のためにある。ただ、一人のためではない」

師の一人である名古屋玄医の教えであった。

「一人一人をよく診るのは当然だ。同じ病でもかかった人によって病状も違い、治療も変わる。儂《わし》が言いたいのは、一人の患者にのめりこむなということだ。医者をやっているとかならず、事情があって治療費が払えないという患者に出くわす。それを診察するのはよい。医は仁術であるからな。だが、対価なしで薬を渡すのはやめよ。施しは一人を助けるが、大勢を殺すことにもなる。誰かにただで薬をやれば、他の者からも金をもらうことはできなくなる。金が入らねば、薬の材料を買うこともできなくなる。材料が買えねば、薬を作ることができなくなり、結局患者に迷惑がかかる。金持ちから多めにもらうなどと寝言を口にするものがおるが、金持ちほど細かい。そんな医者に金持ちはかかってくれぬ」

淡々と名古屋玄医は告げた。

「薬はしっかりとした対価をもらえ。それが医者の使命であり、死命なのだ。新しい医術を学ぶにも金は要る。もちろん、金をむさぼるのは論外だが、施しは坊主に任せよ」

その名古屋玄医の忠告を良衛は守っていた。

良衛の患者のなかで、薬代を払えていないのは、伊田だけではなかった。良衛はできるだけ、それらの患者のもとを訪れ、要りような指示をしてはいるが、薬を遣えないのが足かせとなり、良好な結果にはほど遠かった。

重い気を引きずりながら、屋敷へ戻った良衛のもとへ、ふたたび使者が訪れた。

「往診を終え次第、来るようにとのことでござる。今度は拒めませぬぞ」

主《あるじ》の命を拒まれ、逆につごうを押しつけられてしまうという、子供の使い同様なまねをさせられた使者の機嫌は悪かった。

「承知いたしました」

良衛は立ちあがった。

小普請支配宮部丹後守のもとへ着いたときには、すでに日は大きく傾いていた。

「門限もある。前置きはなしでいく」

宮部丹後守が切り出した。

旗本、御家人には門限があった。暮れ六つ（日没）までに屋敷へ戻らなければいけなかった。所用、旅行などで外泊する場合は、あらかじめ支配頭へ届けておかなければならず、これを怠れば、最悪改易された。

これは幕府が軍事を根本としていた名残であった。旗本も御家人も、もとをただせば徳川家の家臣なのだ。主家になにかあれば、直ちに駆けつける義務がある。そのために禄をもらっている。いざというとき連絡がつきませんでしたでは話にならない。そのために門限があり、きびしく守られていた。

といったところで、大坂の陣を最後に天下は徳川家によって統一された。戦がなくなって七十年近くなる。戦を経験した者もすでにいない。門限も従来ほど厳しく言われることはなくなり、遊郭などで夜明かしをして、外泊をする者も多くなっていた。

だが組頭が門限を破らせるわけにはいかなかった。

「はい」

良衛も同意した。

路どのよりお話があった」

「今大路どのとおつきあいがあるそうだな」

「……おつきあいというほどではございませぬが」

予想していた言葉に、良衛は嘆息した。

「謙遜《けんそん》だな。今大路どのの娘御と婚姻するそうではないか。その許しをと昨日、今大路どのよりお話があった」

「…………」

良衛は今大路親俊のすばやい動きにあきれた。

「めでたい話である。よって許しを与える」

「お断りはできませぬか」

頭《こうべ》を垂れて受けるところを拒んだ良衛に、宮部丹後守が目をむいた。

「なにを申しておる」

「身分違いも甚だしいかと」

「たしかに百五十俵と一千二百石では、格が違う。だが、医家では、ままあることだと今大路どのは言っておられたぞ。医家にとって、家柄よりも腕が重要ともな。寡聞にして知らなかったが、矢切、そなたはよく診るそうだな」

「それほどでもございませぬ。ご覧のとおりの若輩でございまする」

興奮する宮部丹後守へ、良衛は謙遜するしかなかった。

「儂に話をするくらいだ、すでに御上への届け出もすんでおろう。今更なかったことにするのは、今大路家の名前に傷をつけることになるぞ」

宮部丹後守が告げた。

「……でございますか」

良衛は肩の力を落とした。

「では、話は以上だ。帰ってよい」

「失礼をいたしまする」

用件はすんだと宮部丹後守が退出を命じた。

「ああ、今大路どのにお気遣いをかたじけないとお伝え願えるか」

機嫌のよい宮部丹後守の言葉でそうとうな音物が用意されたことを良衛はさとった。出した当人だけでなく、まだ婚姻もしていない良衛にまで、組頭が礼を伝える。もらいものの多い小普請支配を動かすだけのものが渡された。

良衛はこの一言で、今大路家の本気を知り、あきらめた。

一月後、今大路親俊の妾腹《しょうふく》の娘、弥須子が矢切家へ嫁してきた。

第二章　殿中刃傷

一

貞享元年（一六八四）八月二十八日は秋の彼岸であり、幕府の行事として式日登城がおこなわれていた。

式日登城とは、決められた日に大名、旗本が役に就いている就いていないにかかわらず、江戸城へあがり将軍家へ目通りを願うことである。別名総登城とも呼ばれ、毎月の朔日《さくじつ》、十五日、末日、春と秋の彼岸は、江戸城内がまともに歩けないほど混雑した。

この日ばかりは、老中たちも落ち着いて御用部屋で執務するというわけにはいかなかった。将軍へ大名が目通りする立ち会いをするだけでなく、日頃なかなか会うことのできない老中たちへ話をしようと大名や旗本たちが集まってくるからであった。

彼岸の式日登城の御用部屋は、朝から混乱していた。

「年貢米の輸送はどうなっている。浅草《あさくさ》蔵奉行へ空きを確認させろ」

まもなく米の収穫が始まる。年貢米が各地から江戸へと集められる。四百万石といわれる徳川家の天領すべての米が運ばれてくるわけではないが、それでも膨大な量になる。あるていどは、禄《ろく》や扶持米として旗本御家人へ渡されるとはいえ、一気に全部が出ていくわけではなかった。もし、蔵に入りきらず、野ざらしとなれば、盗難や雨風、火事などの心配をしなければならなくなる。

「長崎奉行交代の話はどうなった」

老中たちが、右筆たちへ問い合わせをかけた。

「お外にて、浅草蔵奉行控えおりまする」

「大坂西町《にしまち》奉行、勘定頭の両名の身上書でございまする」

右筆たちがそれに応《こた》えた。

老中の執務部屋である上の御用部屋は、他役の立ち入り厳禁であった。ただ、老中の命じる書付を作成する右筆と、茶の用意や使者などの雑用を務める御用部屋坊主だけが、出入りできた。

「坊主衆」

御用部屋の外、襖《ふすま》際に控えている御用部屋坊主へ声がかかった。

「これは、石見守さま」

相手を見上げた御用部屋坊主が、あわてて平伏した。来客は若年寄の稲葉《いなば》石見守正《まさ》休《やす》であった。

若年寄は老中に次ぐ地位である。老中が主として天下のことをおこなうのに対し、若年寄は幕府内部のことを担当した。もっともその区分けは厳密ではなく、若年寄は老中になる前の修練のようなものであった。

当然、老中に準ずる格を与えられており、その権は大きかった。

「筑前守《ちくぜんのかみ》さまにお目通りを願いたい」

稲葉石見守が求めた。

上の御用部屋には、若年寄といえども足を踏み入れることはできなかった。老中へ面会を望むには、他の役人同様、御用部屋坊主に取り次いでもらわなければならない。

「しばしお待ちを」

御用部屋坊主が、一礼して上の御用部屋のなかへと消えていった。

「なに、石見が」

執務していた大老堀田《ほった》筑前守正俊《まさとし》は、御用部屋坊主から稲葉石見守の来訪を聞かされ、怪訝《けげん》な顔をした。

「昨日遅くまで一緒にいたというに。用があるならば、そのおりに申せばよいものを」

　堀田筑前守と稲葉石見守は、従兄弟《いとこ》であり、年齢も六つ違いと近いことから親しく往来していた。

「いかがいたしましょうや」

　若年寄の要望とはいえ、大老は拒絶できた。御用部屋坊主が訊《き》いた。

「……面倒な。昼までにこれらを仕上げねばならぬのだぞ」

　大老は幕府最高の役である。常設されず、非常の際、あるいは将軍家より格別な恩《おん》寵《ちょう》を与えられた寵臣《ちょうしん》が現れでもしないかぎり、置かれなかった。

「よほどの急用ではございませぬか」

　隣の席から老中大久保《おおくぼ》加賀守《かがのかみ》忠朝《ただとも》が口を出した。

　老中たちの席は屏風《びょうぶ》で仕切られており、会話をするには、大きく身を乗り出すことになる。

「若年寄としての任にかかわることならば、昨夜お話しをしなかったのもおかしくはございませぬな」

　反対側の屏風から稲葉美濃守《みののかみ》正則《まさのり》も顔を出した。

「それもそうであるな」

　目の前にあった書付を堀田筑前守が伏せた。

大老、老中の仕事は機密が多い。同じ老中同士でも、秘さねばならない用件がほとんどであった。

「しかし、石見といえども、今日は多忙を極めるとわかっておろうに。まったく」

ぼやきながら堀田筑前守が立ちあがった。

「ご大老さま、懐刀を」

席に守り刀を置いたままなことに気づいた御用部屋坊主が進言した。

「不要じゃ」

堀田筑前守が首を振った。

殿中で両刀を差すことはできなかった。代わりに懐刀を持つ。短い懐刀とはいえ、座ると腹に当たって動きを阻害する。それを嫌った堀田筑前守は、外して席の脇に置くのを癖としていた。

「外か、溜《た》まりか」

歩きながら堀田筑前守が問うた。

溜まりとは黒書院の片隅にある小部屋のことである。庭へ突き出すようにして作られた溜まりは、一カ所でしか出入りできないようになっており、老中の密談場所として使われていた。

「お外でお待ちでございまする」

御用部屋坊主が先導し、襖を開けた。

「どこじゃ」

御用部屋を出た堀田筑前守が周囲を見回した。

「御大老さま」

右から声がした。

「……おう。石見。そんなところで何をしておる」

御用部屋の襖へ張りつくようにしてひそんでいる稲葉石見守に堀田筑前守が驚愕《きょうがく》した。

「天下の仇《あだ》なす者を排さねばなりませぬ」

「なにを申しておるのだ」

意図をはかりかねた堀田筑前守が首をかしげた。

「ご免」

大声で叫ぶなり、稲葉石見守が背中に隠していた右手を突きだした。

いきなりのことに堀田筑前守は防ぐことさえできなかった。

「ぐっ」

稲葉石見守の右手に握られていた懐刀が、堀田筑前守の左肩へ刺さった。

「な、なにをする」

堀田筑前守が稲葉石見守の右手を摑《つか》んだ。

「ひえええええ」

側で見ていた御用部屋坊主が悲鳴をあげた。

「死んでくだされ。筑前守どの」

摑まれた手をふりほどいて、稲葉石見守は何度も堀田筑前守を突いた。

「……な、なぜ……」

問いは口からあがった血でとぎれ、堀田筑前守が倒れた。

「だ、誰か。狼藉《ろうぜき》者でござる。大老さまが、筑前守さまが」

御用部屋坊主が大声をあげた。

「なにごとぞ」

その声に、御用部屋から老中たちが出てきた。

「な、なに」

「ご大老」

最初に出た戸田《とだ》山城守《やましろのかみ》と阿部《あべ》豊後守《ぶんごのかみ》が、血の海に沈む堀田筑前守に絶句した。

「石見守」

稲葉美濃守が、稲葉石見守を見つけた。名字が同じことからわかるように、稲葉美濃守と稲葉石見守は本家、分家の関係にあった。

「狼藉者。そなたが」

稲葉石見守の手に血刀があるのを確認した大久保加賀守が懐刀を抜いた。

「……………」

稲葉美濃守も倣った。

「逃がしてはなりませぬぞ。大老を害した不逞《ふてい》の輩《やから》でござる」

「あ、ああ」

「おう」

茫然《ぼうぜん》自失していた戸田山城守と阿部豊後守も、あわてて懐刀を手にした。

「お手向かいは……」

周囲から刃物を突きつけられた稲葉石見守が、手にしていた懐刀を置こうと屈《かが》んだ。

「抵抗するか」

叫ぶように言った大久保加賀守が斬りつけた。

「刃向かうぞ。方々ご注意を」

鋭く稲葉美濃守が、注意を喚起した。

「わあ」

「りゃああ」

血を見て逆上した戸田山城守と阿部豊後守が斬りかかった。

「抗わぬ」

降伏するというように、稲葉石見守が両手を上へあげかけた。そこへ大久保加賀守が懐刀をたたきつけた。

「続け。乱心者を許すな」

稲葉美濃守が無抵抗の稲葉石見守へ襲いかかった。

「ま、待て」

制止する稲葉石見守の声はすぐに意味のないうめきへと変わり、それもあっという間もなく途絶えた。

「もうよい」

大久保加賀守が、たたきつけていた刀を引いた。

「はあ、はあ」

「うっ」

戸田山城守と阿部豊後守が、あふれでる血の臭いに吐きそうな顔をしていた。

「……ご大老さま」

腰を抜かしていた御用部屋坊主が気遣うような声を出した。

「医者を。医師を呼べ」

我に返った阿部豊後守が叫んだ。

「医師溜《だまり》へ人をやれ。外道の医師をいるだけ連れて来い」

戸田山城守が指示した。

「待て。表御番医師ていどでは心許《もと》ない。ここは名医として評判の奈須玄竹《なすげんちく》を呼べ。奈須玄竹は寄合医師じゃ。本日登城しておるはず」

走り出しかけた御用部屋坊主を大久保加賀守が止めた。

寄合医師は、奥医師の家柄の若き跡継ぎや御番医師でその腕を認められた者が属している。奥医師の席の空き待ちであった。

「は、はい」

うろたえていた御用部屋坊主が、あわてて駆け出した。

呼ばれた奈須玄竹は、惨状に棒立ちとなった。

「なにをしている。はやくご大老さまをお助けせぬか」

「は、はい」

大久保加賀守に叱られて奈須玄竹が堀田筑前守の側に屈みこんだ。

「どうすれば……」

あまりのことに奈須玄竹が戸惑った。

「血止めをせねばなるまいが」

「さ、さようでございました」

ふたたび大久保加賀守に怒鳴りつけられて、奈須玄竹が御用部屋坊主が持っていた薬箱から綿布を出して傷口へあて、上から縛り付けた。

「お気付けを」

「た、ただちに」

薬箱から気付け薬を出して、奈須玄竹は堀田筑前守へ声をかけた。

「ご大老さま、お薬でございまする」

しかし、堀田筑前守はまったく反応しなかった。

「筑前守さま」

もう一度奈須玄竹が勧めたが、堀田筑前守は目も開けなかった。

「ごめんくださいませ」

一言詫《わ》びた奈須玄竹が、堀田筑前守の口へねじ込むように薬を入れた。

「よし、治療は終えたな。急ぎ納戸御門へ駕籠《かご》を用意いたせ。ご大老さまをお屋敷へ送る」

「御駕籠は上様のお許しがなければ……」

命じられた御用部屋坊主が躊躇《ちゅうちょ》した。

江戸城は将軍の居城である。たとえ大老といえども、この城のなかでは家臣でしかない。城のなかまで駕籠を持ちこむことはもちろん、下乗以降での使用も禁じられていた。

「非常の状況である。余が今から上様へお願いして参る。用意だけすませておけ」

言い残して大久保加賀守が綱吉の居室である御座《ござ》の間へと向かった。

「ご大老さまをお抱えいたせ。お納戸御門へお連れせよ」

残った稲葉美濃守が御用部屋坊主たちに堀田筑前守を抱えていくようにと指示した。

「ご大老さまのご様子を他の者どもに見せるのはよろしくない。先触れをいたし、他《ひ》人払《とばら》いをいたせ」

「はい」

急いで御用部屋坊主が先触れに走った。

「待て、ことの次第を口にせず、急病につきと申せ」

「承知いたしましてございまする」

足を止めた御用部屋坊主がうなずいた。

「ご大老堀田筑前守さま、ご急病につき下城なされまする。お気に障りまするゆえ、しばしの間、お控えくださいますよう」

あらためて小走りになりながら、御用部屋坊主が触れて回った。

御用部屋から御座の間は近い。大久保加賀守は、将軍綱吉への目通りを願った。

「上様」

「お待ちなされませ」

御座の間へ入ろうとした大久保加賀守を、するどく制した者がいた。

「なんじゃ、小姓風情が」

大久保加賀守が不機嫌さを露《あら》わにした。

「守り刀をお持ちのまま、御座の間に入られるおつもりか」

厳しく小姓が咎《とが》めた。

「あっ」

言われた大久保加賀守が唖然《あぜん》とした。先ほど稲葉石見守を討った懐刀を持ったままであった。

「これは……」

大久保加賀守が懐刀を捨てるように放り投げた。

「どうぞ、お通りあれ」

小姓が許可した。

「…………」

憎たらしげににらみつけながらも、大久保加賀守は言い返さず、御座の間へと足を踏み入れた。

「上様」

焦っていても立ったままで話しかけるのは不敬になる。大久保加賀守は膝《ひざ》をついた。

「騒々しいが、なんだ」

五代将軍綱吉が眉《まゆ》をひそめた。

「大老堀田筑前守正俊、乱心者に襲われましてございまするる」

まさか他の役人たちをごまかしたように、急病であると綱吉を偽るわけにはいかなかった。

「なにっ」

綱吉が声をあげた。

「医師は」

「すでに治療は終えておりまする。しかし、傷が大きく歩けそうにございませぬ。つきましては……」

身を乗り出した綱吉へ、大久保加賀守が述べた。

「わかった。駕籠を使わせてやれ」

聡明《そうめい》な綱吉は、それだけで理解した。

「ご温情、筑前守に成り代わりまして御礼申しあげまする」

一礼して、大久保加賀守が戻っていった。

「そなた、柳沢《やなぎさわ》であったな」

大久保加賀守が出て行った後、綱吉は先ほど大久保加賀守を咎めた小姓へ声をかけた。

「柳沢吉保《よしやす》にございまする。出過ぎたまねをいたしました」

柳沢が頭を下げた。

「いや、褒めて遣わす。なかなか老中にあれだけ大きな声ではっきりとものの言える者はおらぬ。そなたのこと覚えおく」

「畏《おそ》れ多いお言葉」

好き嫌いの激しい綱吉に気に入られるのは難しい。その代わり気に入られれば、すぐに引き立てられ、出世街道を走ることになる。

柳沢が平伏した。

「様子を見てくるように」

「はっ」

綱吉に命じられた柳沢が御座の間を出ていった。

二

堀田筑前守は、駕籠にのせられて屋敷へと送られた。しかし、殿中は騒然とした雰囲気に包まれていた。

「なにがあったのだ」

蚊帳《かや》の外に置かれた形となった医師溜で、佐川逸斎がいらだっていた。大老急病の話は、医師溜《だまり》にも聞こえていた。

「表で出た患家は表御番医師が担当する決まりであったはずじゃ」

「うむ」

不満をいう佐川逸斎に大野竜木がうなずいた。

「それが医師溜へ報《しら》せさえないとは、どういうことだ」

佐川逸斎が憤った。

「問うか」

「うむ」

二人が顔を見合わせて首肯した。

「矢切」

「なにか」

呼ばれた良衛は読んでいた医書から顔をあげた。

「お城坊主を呼んできてくれ」

大野が命じた。

身分としては同格であるが、先達に一日の長はある。指示に従わなければ、なにかとややこしいことになりかねない。良衛は医書を閉じて、医師溜の襖《ふすま》を開けた。

「御坊主どの」

声をかけたが返答はなかった。お城坊主は医師溜近くに一人は常駐していた。明文となっているわけではないが、薬を出したり、急患の対応をしたりしなければならない表御番医師の雑用は多い。だからといって医師に雑用をさせてしまうと、本来の役目がおろそかになってしまう。それを防ぐために、一日中誰かお城坊主が詰めていた。

「……御坊主どの」

医師溜を出て、良衛はお城坊主を捜した。

「御用でございまするか」

ようやくお城坊主が見つかった。

「大野どのが訊《き》きたいことがあると」

「……はい」

お城坊主が一瞬みょうな間を開けた。

「…………」

気づいた良衛だったが、わざと知らぬ振りをして背を向けた。

医師溜では、当番で詰めている医師たちが首をそろえて待っていた。

「御坊主どの。なにがあった」

大野竜木が切り出した。

「ご大老さまが急病になられたそうでございまする」

「急病……なぜ我らに報せが来ぬのでござる」

佐川逸斎が問うた。

「なんでも寄合医師の奈須玄竹さまが治療をなさったとか」

「奈須玄竹どのか。ならば本道だな」

残念そうな顔を大野竜木がした。

「筑前守さまはどうなされたのだ」

「もうお屋敷へさがられました」

お城坊主が答えた。

「奈須玄竹どのが、付き添われたのか」

「いいえ。お一人で」

「医師の付き添いなしで、屋敷か」

大野竜木が首をかしげた。

「軽かったということでござろうかの」

怪訝《けげん》な顔を佐川逸斎も浮かべた。

「それにしては騒がしいし、上様へのお目通りも中止となったぞ」

納得していない顔で大野竜木が言った。

事件の影響で、式日登城であるにもかかわらず、すべての行事は中止となっていた。

式日登城は、上様へ目通りする日でもある。格が低いとはいえ、表御番医師も目見えできる。といったところで、片隅も片隅、将軍からでは顔さえ判別できぬほど離れていた場所で平伏しているだけなのだが、目見えできるというのは、名誉であった。とくに町医から引きあげられた者にとって、目見えは大きな行事であった。

その目見えが流れた。

表御番医師たちにとっては、大事件であった。

「筑前守さまは、お徒《かち》でお戻りか」

良衛は訊いた。

歩いて帰れるようならば、急病といえどもたいしたものではない。

「いいえ。お納戸御門まで御用部屋坊主衆がお抱えになり、そこから御駕籠《かご》で」

「納戸御門まで駕籠が入ったのか。破格のあつかいじゃな」

「さすがは、上様のご信頼厚い、ご大老さまじゃ」

佐川逸斎と大野竜木が感嘆の声をあげた。

「…………」

逆に良衛は沈黙した。

「では、これで」

お城坊主が、医師溜を出ていった。

「坊主どのよ」

見送るようについていった良衛は、少し離れたところで声をかけた。

「まだなにか」

うるさそうにお城坊主が振り向いた。

「些少《さしょう》だが」

白扇を一本、良衛は差し出した。

「これは……ありがとう存じまする」

お城坊主の機嫌が一気によくなった。

白扇は城中でのお金代わりであった。江戸城へあがる役人や大名たちは、基本懐中物を持たなかった。精々、懐紙か手拭《てぬぐ》いを手にしているだけである。城中ではなにも売っていないから、金を使わない。それに武士は金を忌避する。金ではなく名こそ惜しめが武士の心意気であった。

ものは売っていないが心付けは要った。それが、お城坊主への礼であった。

お城坊主は城中の雑用を一手に担っている。使いから厠《かわや》への案内まで、すべてお城坊主の手がかかわった。

江戸城は、大名といえども、家臣を連れて行くことができない。日頃、何一つ己でするこ との ない大名たちである。それこそ茶を飲むにも人手が要った。

その人手がお城坊主であった。

お城坊主は、同朋《どうぼう》頭支配で二十俵二人扶持。薄禄《ろく》ながら幕府の役人であって、大名の家来ではない。一応、大名や役人の雑用をこなすのが役目だが、顎《あご》で使えるものではなかった。なにか用事を頼めば、それに準ずる礼が要った。

しかし、金は持っていない。そこで代わりにと考え出されたのが白扇であった。白扇は、家柄や石高、役職などで変わるが、一本でいくらと相場が決まっている。百万石の前田《まえだ》家ともなると白扇一本で五両だとか、十両だとか言われている。対して、もっと石高の少ない勘定方や番方では、一本で一朱ていどにしかならない。

そして金代わりの白扇を渡すと、後日それを持ったお城坊主が屋敷まで精算に来る。つまり、白扇は一種の賄賂《わいろ》であった。

「一分お渡しいたそう」

普段矢切家の白扇は、一本で二朱であった。二朱はおおむね銭になおして、五百文ほどである。一分はその倍に当たった。

「かたじけない」

喜びながら、お城坊主の目が小さく光った。

「なにがござった」

良衛は真相を尋ねた。

「…………」

「お城で起こったことをご坊主衆が知らぬはずはございますまい」

答えないお城坊主へ、良衛は言った。

城中の雑用をこなすということは、どこにお城坊主がいてもおかしくないのだ。また、大名や高禄《こうろく》の旗本たちは雑用係の坊主を人だと思っていない。お城坊主のことなど気にもせず、話をする。お城坊主ほど城中の噂にくわしい者はいなかった。

「ご坊主衆が、ご大老さまを納戸御門まで運んだと先ほど言われたであろう」

「よくお聞きでございますな」

お城坊主が笑った。

「あらためまして、矢切良衛さまでございますな。拙僧はお城坊主の数木《かずき》鉄庵《てつあん》と申しまする」

「鉄庵どのか。覚えましてござる」

確認と名乗りに良衛はうなずいた。

「一分でお話しできるものではございませぬが、お医師と仲良くして置いて損はございませぬ」

「……たしかに。医者も人だ。仲良くしている者が病に倒れたら、それだけ親身になる」

「坊主も同じでございまする」

鉄庵が述べた。

「わかった。今後はなにをおいても鉄庵どのに頼むこととしよう」

すぐに良衛は鉄庵の望みを見抜いた。

「さすがでございますな。今大路さまが、お娘御を無理から嫁がせただけのことはおありになる」

鉄庵が満足そうに言った。

「……その話は止めてくれ」

迷惑だと良衛は苦笑した。

「これはご無礼を」

わざとらしく鉄庵が詫びを口にした。

「白扇を返してもらうぞ」

良衛は手を伸ばした。

「いえいえ」

素早く鉄庵が白扇を懐へ入れた。

「代金分でいい。教えてくれ」

馬鹿らしくなった良衛は、ていねいな言葉遣いをやめた。

「そちらが素でございますか」

「もとが百五十俵の御家人だからな。気になるなら、もとに戻すぞ」

「結構でございまする」

鉄庵が認めた。

「さて、お代をいただいてしまいましたので……」

あたりをはばかるように鉄庵が声を潜めた。

「明日《あした》には城中で噂は拡がりましょう。大老堀田筑前守さま、若年寄稲葉石見守正休さまによって刃傷をお受けになられました」

「な、なにっ」

「声が大きゅうございまする」

あわてて鉄庵が、良衛を抑えた。

「すまぬ。で、筑前守さまは」

「お亡くなりではないとのことでございまするが、難しいのではないかと。ちらと見て参りましたが、御用部屋の前は血の海でございました」

「血が出すぎたか」

人は一定以上血を失うと死ぬ。和蘭陀流外科術では常識であった。

「もっとも稲葉石見守さまの血もございますので、ご大老さまからどのくらいの血が出たのかまではわかりませぬが」

「稲葉石見守さまも傷を負われたのか」

「……傷」

鉄庵の雰囲気がさらに重いものとなった。

「石見守さまは、血の海に沈んでおられました」

「……筑前守さまが返り討ちにされたと」

「いいえ。ことを知られた老中方が、皆様で斬りかかられたらしく、ご遺体は膾《なます》のようでございました」

「膾……」

良衛が息をのんだ。

外道医をしているとはいえ、そうそう血を見ることはない。せいぜい、屋根から落ちた大工が骨折して、その折れた骨が傷口を突き破っているていどである。他人よりは血慣れしているとはいえ、良衛も膾のように刻まれた人を見た経験はなかった。

「筑前守さまは」

「運んだ仲間から聞いたところでございまするが、虫の息だったと……」

「ではなぜ奈須玄竹どのが呼ばれた。奈須玄竹どのは本道の名家ではあるが、外道はほとんどなさらなかったはずだ」

良衛が疑問を口にした。

本道の医師は外道を格下と見ている。本道こそ医と考えている。当然本道の技術を学ぶことには熱心だが、あえて外道を学ぼうとする者はまずいなかった。逆に外道医は、それだけでは患者が少なくて喰《く》いかねるという事情とあこがれもあり、本道を学ぶ者は多い。

良衛もその一人であり、矢切家代々の当主もそうであった。

「ご老中大久保加賀守さまが、表御番医師では筑前守さまの格に合わぬと仰せられたとのことで」

「……格か」

苦い顔を良衛はした。

妻の実家との差を見せつけられている良衛にとって、格の違いは辛い言葉であった。

「いたしかたないことだな」

良衛は、軽く手をあげてもういいと告げた。

「矢切さま、一つお願いが」

「なんだ」

「このお話、明日まで他へ漏らさぬようにお願いいたしまする」

鉄庵が頼んだ。

「なぜだ」

「拡がれば、売れなくなるからでございますよ。ご存じでございますか。噂というのは一人に喋《しゃべ》れば、そこからあっという間に拡がっていきまする。一人が二人、二人が四人、四人が八人と、倍々で増えるのでございまする」

「それはそうであろうが、隠しきれぬであろう。これだけのことだ」

「もちろんでございまする。あの場に居合わせた者の口は閉じられませぬ。ですが、それでもご大老さまがどうなられるかわかるまでの間は、大っぴらに口にするのは、まずうございまする。もし、ご大老さまが無事に復帰されたとなったとき、悪意のある話をしていたなどと疑われては……」

「身の破滅だの」

ときの権力者から嫌われては、生きていけないのが役人である。鉄庵が言わなかった最後を良衛は読んだ。

「大老は明日までもたぬか」

その次にあるものを良衛はさとった。

「…………」

それに鉄庵は応《こた》えなかった。

「売れるときに売っておきませんと。二十俵二人扶持では、喰いかねますゆえ」

鉄庵が述べた。

「大老が若年寄に襲われる。その話を欲しがる者は多いだろうな」

「もっとも坊主の数だけ売り手がいるわけでございますから、それほど大きな稼ぎにはなりませぬが」

小さく鉄庵が笑った。

「訊《き》いてよいか。誰が欲しがるのだ、その噂」

「どなたでも」

「大老に冷や飯を喰わされていた者は、快哉《かいさい》を叫ぶと」

「いいえ」

良衛へ鉄庵が首を振って見せた。

「この噂をもっとも高く買ってくださるのは、ご大老に近い方々でございますよ」

「なぜだ」

予想していなかった返答に、良衛は首をかしげた。

「大老さまが死ねば、その方々は庇護《ひご》者を失いまする。権力者に媚《こ》びることで、おいしい思いをしてきた者たちでございまする。当然、いい目を見られなかった者たちからは、嫌われておりまする。そのような方々が庇護者を失えば……」

「排除されるか」

「さようで。では、どうすれば生き延びられるかおわかりで」

「わからぬ」

政から医師はもっとも遠いところにある。敵対しているから、気に入らないからと、治療に手心を加えることをしない、いや厳禁されている医師は、そういう点からいえば、甘かった。

「敵側に寝返るのでございますよ。当然、大老さまが亡くなられてからでは、遅すぎましょう。その前に大老さまの失点となるような話を持って己を売りこむ。そのためには、素早く正確な話が必須《ひっす》なのでございまする」

「……………」

嫌なことを聞いたと良衛は、顔をゆがめた。

「それが政。そしてお城で生きていくための処世術」

鉄庵が諭すように言った。

「では、急ぎますので」

一礼して鉄庵が小走りに離れていった。

「大老がいなくなる……どう世のなかは変わるのであろうかな」

残された良衛は、小さく嘆息した。

三

翌日、大老堀田筑前守の死亡があきらかにされた。

「どういうことだ」

真相を知った医師溜《だまり》は、朝から蜂の巣をつついたような騒ぎであった。

「助かったの、矢切」

近づいてきた佐川逸斎が耳元でささやいた。

「えっ」

意味がわからない良衛は、佐川逸斎の顔を見た。

「我らがご大老さまのお傷を診なくてすんだことは幸運であったと言っておる。考えてもみよ、外道の我らが担当しておきながら、ご大老を死なせたとあっては、医道修業不十分と言われかねぬぞ」

「…………」

良衛は沈黙した。

幕府が医者へ与える罰のほとんどがそれであった。

徳川幕府を作りあげた初代将軍徳川家康は、自ら調薬するほど医術に精通していた。そのお陰で戦国大名としては異例な長生きを遂げ、豊臣家を討ち滅ぼし天下を取れた。健康長寿の重要さを身に染みて知った家康は、天下の名医を徳川家の旗本とした。いわば抱えこんだのだ。だが、それは医術の発展としては正しいものではなかった。

医術の発達というのは、なにより研鑽《けんさん》によるが、本人の素質も大きな要素であった。緻密《ちみつ》な性格、注意深さ、集中力など、生まれついての才能に左右されやすい。当然、名医の子供が、よき医者になるとはかぎらなかった。もちろん、才能だけではなかった。旗本という世襲の禄《ろく》に胡座《あぐら》を掻《か》いて研鑽しなくなる例も結構あった。

そうなれば、役に立たない医者、いや、むしろ害悪である医者を幕府は抱えることになる。

ここで医者と旗本の差が出た。

本来旗本は戦うのが仕事である。しかし、家康により天下は泰平となり、武術を学んでいなくても困らなくなった。いや、徳川の天下が続くためには戦いはないほうがよい。対して、医者は違う。天下が泰平であろうが、乱世であろうが、医者は腕がよくないと意味がないのだ。

旗本が武術の修業をしなくても改易になることはないが、医者は研鑽しないと罪になった。それが、医道修業不十分であった。

医道修業不十分とされれば、禄は取りあげられる。それだけではなかった。幕府から下手な医者との烙印《らくいん》を押されるのだ。今後医者としてやっていけるはずなどなかった。

「奈須玄竹どのも不幸なことだ。まあ、本道のお方ゆえ、外道のことで医道修業不十分で咎《とが》められはせぬだろうが、上様お気に入りのご大老を救えなかったのだ。なにかしらはあろうよ。やれ、助かったわ」

佐川逸斎が大きく息を吐いた。

「詳しくは存じませぬが、稲葉石見守さまが刃傷に及ばれたと聞きました」

昨日から知っていたことを隠して良衛は問うた。

「おう。そういう話らしいの。なんでも乱心のうえだそうだが」

「稲葉石見守さまはその場で討ち果たされたとか」

「うむ。大久保加賀守さまらが、なされたそうだ。お手柄であったな」

訊かれた佐川逸斎が答えた。

「稲葉石見守さまは、医師に……」

「はて、それは聞いておらぬな」

佐川逸斎が知らないと言った。

「皆から斬りつけられ、襤褸布《ぼろきれ》のようであったと言うぞ。医者の出番はなかったのではないか」

「しかし、なぜご大老さまを若年寄さまが襲われたのか、その事情を聞き出さねばならぬはずでございましょう。尋問が終わるまでの延命だけでもいたすべきであったのではございませぬか。さすがに大老を診られた奈須玄竹どのとはいきますまいが、我らを呼ばれて当然では」

良衛が食い下がった。

「たしかに矢切の言うとおりだが、膾《なます》のように斬られては助かるまい。死者に対して医者は無力だ」

「……はあ」

事実であった。医者は生きている者だけにしか用はない。また求められもしない。

「しばらく城中はこの話でもちきりであろうよ。なにかわかれば、教えてくれ。愚昧《ぐまい》も新たな話を聞いたならば、告げるゆえな」

「わかりましてございまする。お気遣いありがたく存じまする」

先達からの好意である。良衛は礼を述べた。

そのあとしばらくして、一日の当番を終えた良衛は下城した。

「お帰りなさいませ」

大手門《おおてもん》を出たところで、三造が待っていた。

「お薬箱を」

いつものように三造が受け取った。

「大変なことでございましたな」

歩き出した三造が言った。

「そちらにも知れているのか」

城下まで噂が知れていることに、良衛は驚いた。

「朝から大騒動でございまする。大手前で各藩の方々が、いろいろとお話をかわしておられまするし、商家にも広まっておるようで、当家にまで問い合わせて来られました」

三造が説明した。

矢切家が表御番医師であることは隠していない。江戸城内のこと、それも大老の急死となれば、医師である良衛がなにか知っていると考えてもおかしくはなかった。

「なにかを知っていても話せるわけないであろうに」

良衛はあきれた。

医師が患者のことを話すのは禁止されていた。人にうつる病などの場合、やむを得ず、町役人《ちょうやくにん》へ、感染拡大防止のためあるていどのことを明かすことはあるが、それはあくまでも例外なのだ。

「そのあたりは金ですませるおつもりのようで……」

「手土産があったな」

口ごもった三造へ、良衛は確認した。

「……はい」

「誰がなにを持って来た」

良衛は訊《き》いた。

「薬種問屋の井筒屋《いづつ》が、櫛《くし》と笄《こうがい》を。献残屋の三日月堂《みかづきどう》が、小袖《こそで》地を」

「弥須子だな」

「…………」

三造が黙った。

「受け取ってしまったか」

「申しわけありませぬ。奥さまへお会いしたいということだったので、お止めできませなんだ」

申しわけなさそうに三造が詫《わ》びた。

弥須子は妾腹《しょうふく》とはいえ、今大路の娘である。江戸の医者の総本山ともいえる今大路家は、医者や薬問屋などからの付け届けが多い。それになれているせいか、弥須子は音物を簡単に受け取ってしまう。何度か注意をしたが、もらえて当然と思いこんでいるため、一向にあらためようとはしなかった。

「いや、よい。そなたのせいではない」

小さく良衛は首を振った。

「受け取ってしまったとなれば、それ以上のものを返さねばならぬ。商人は決して損をせぬからな」

良衛は嘆息した。

「どうすれば、満足させられるかだ」

足取りも重く、良衛は屋敷へ帰った。


医師や絵師などは、法外の官職と呼ばれる。何とかの守《かみ》、なんとか太夫という官ではなく、法印、法橋など、僧侶《そうりょ》の階級になるからである。

法印は大和尚位《だいかしょう》として僧正に与えられ、法眼は僧都、法橋は律師に相当する。今大路や半井などは、世襲として法印を許されている。

今大路親俊が兵部大輔《だゆう》を称していることからもわかるように、法印や法眼などは、正式な官名ではなく、医者としての格として使われていた。

一応表御番医師も法橋の地位を与えられるが、格は低い。法印との差は、有名寺院の住職と、そこらの寺の修行僧ほどあった。

「おかえりでございまする」

屋敷の門を潜ったところで、三造が大声をあげた。

役付の旗本や御家人の屋敷ではどこでもおこなわれていることである。主が無役ではないと周囲へ報《しら》せ、自慢するのだ。

「お戻りなさいませ」

屋敷へ帰った良衛は、妻弥須子の出迎えを受けた。

「今戻った。変わりはないか」

形式どおりの挨拶《あいさつ》を良衛は返した。

「はい。屋敷にはなにも変わったことなどございませぬ」

弥須子が首を振った。

「そうか」

良衛は首肯して、腰に差していた脇差《わきざし》を弥須子へ渡した。

表御番医師となって以来、登城に両刀を差すことはなくなった。これも矢切家が御家人ではなくなったとの証《あかし》であり、良衛は寂しい思いを感じていた。

「お疲れさまでございました」

脇差を弥須子が受け取った。

弥須子は今大路親俊の末娘である。今大路親俊は二度婚姻をしている。一度目は津《つ》軽《がる》土《と》佐守《さのかみ》の娘であり、その死後都筑《つづき》三四郎《さんしろう》の娘を後添えとして迎えていた。土佐守の娘は、三男三女を産んだ。不幸にして次女は早世したが、長女と三男は健在であった。また後添えとの間にも娘が一人ある。

それ以外に今大路親俊は妾《めかけ》にも一人子を産ませていた。子だくさんでありながら、妾まで作ったのには理由があった。最初続けて二人とも女子であったからだ。

武家の家は男子相続が決まりであった。いかに直系の女子でも旗本の当主となることはできなかった。戦国のころは、立花山《たちばなやま》城主と成った立花誾千代《ぎんちよ》の例もあったが、徳川幕府は女子の相続を禁止した。

もちろん、娘しかいない大名や旗本は多い。娘に婿を取ったり、近い親戚《しんせき》筋から養子を迎えたりして、家を譲るにはなんの支障もでていない。

それでも男子を望むのが当たり前であった。正妻が女子しか産まないとき、側室を置いて男子を儲《もう》けようとする。

あるていどの名家となると、跡継ぎの男子がいないと騒動がもちあがるのだ。

女子しかいない家があれば、男子しかいない家もある。嫡男は家を継がせ、次男は長男に万一があったときの控えとして残しておく。となれば三男以降のいく末が問題となった。

分家できるならいいが、できなければどこかへ養子に出すしかない。そんな家に、名門で娘しかいない家は恰好《かっこう》の目標となった。一人の家付き娘に婿十人の状況なのだ。まさに奪い合いであった。

となれば、息子を婿にしたい大名、旗本はあらゆる手段を使ってくる。親戚筋、上役などあらゆる縁と伝手《つて》を使って迫るのだ。娘の家中が二つに割れて争うこともめずらしくはない。そうなれば、お家騒動として咎《とが》められかねないのだ。幕府は戦がなくなって使い道のなくなった大名や旗本を減らしたい。待ってましたと取り潰《つぶ》しの手を伸ばしてくる。

それを防ぐにもっともよいのが、男子の誕生であった。

今大路親俊もそれを考え、正妻が二人の娘を産んだ段階で、側室を迎えた。そして産まれたのが、弥須子であった。

男子を望んだのに生まれたのは娘。まして、そののちに正妻が男子を産んだ。となれば、側室の娘の意味はなくなる。正妻の娘ならば、そこそこの家へ嫁に出せるが、側室の子となれば、同格の家はまず難しい。

今大路親俊が弥須子の嫁ぎ先に頭を痛めていたところへ、矢切良衛の噂が届いた。

まだ若いが新式の和蘭陀流外科術を修めただけでなく、京で評判の名医名古屋玄医の弟子となれば、申し分なかった。家格がかなり低いのが引っかかるとはいえ、それも側室の娘であれば、なんとかなる。

こうして弥須子は良衛のもとへ嫁いできた。

弥須子は良衛の八歳歳下で、京の公家の血を引く今大路家と側室に選ばれるだけに美貌《びぼう》であった母の面影を強く受け継ぎ、かなりの美形であった。

「一弥はどうしている」

「素読の稽古《けいこ》をしておりまする」

良衛の問いに弥須子が答えた。

一弥は二人の間にできた一人息子である。婚姻して一年目に生まれ、今年で四歳になった。

「早すぎるのではないか。稽古事は六歳からというのが決まりであろう」

良衛は反対を口にした。

「いえ。あなたさまのような名医とするには、少しでも早く勉学に親しませませぬと」

弥須子は反論した。

「名医などではないわ。まだまだ修業中の身でしかない」

「いいえ」

否定する良衛に弥須子は強く首を振った。

「名医なればこそ、父はわたくしを嫁がせました。今はまだ表御番医師に甘んじておられまするが、いずれ奥医師へと出世され、法印さまにあがられるお方。一弥はその跡を継がねばならぬのでございまする。勉学を始めるのに遅すぎることはあっても、早いなどはありえませぬ」

「…………」

強く言う弥須子に良衛は黙った。

「一弥のことはわたくしにお任せくださり、あなたさまはただ医道に邁進《まいしん》してくださればよろしゅうございまする。どうぞ、一日も早く法印、そして奥医師へとおなりあそばされますよう」

「無理はさせぬようにな。いずれ剣術も始めなければならぬ」

「剣術をする暇などございませぬ」

良衛の言葉を、冷たく弥須子が拒絶した。

「刀を振る暇があるならば、一つでも字を覚えなければ」

「いや、それは違おう」

大きく良衛は首を振った。

「一弥は矢切家の嫡男だ。武芸も身につけねばならぬ」

矢切家は戦うのが本業で、医業は余技であると良衛は言った。

「それは過去のお話でございまする。今の矢切家は医業をもってお仕えする表御番医師の家柄。剣や槍《やり》を振り回すことなどございませぬ」

きっときつい目で弥須子が睨《にら》んだ。

「しかしだな、矢切家は三河《みかわ》以来代々御家人として……」

「それで禄《ろく》が増えましたか。身分があがりましたか」

「………」

良衛は黙った。

武家は戦場で手柄を立てて、禄を増やしてきた。しかし、泰平の世に戦はない。武家はその本質にかかわる環境を失った。代わって台頭したのが、役目であった。役目には決められた役高というのがあり、就任したときに不足していれば、加増をされた。これは本禄への追加であり、役目を引いてもそのままもらえた。だが、矢切家はそもそも役に就けないのだ。幕初以来矢切家の禄は一合も増えていなかった。

「表御番医師となることで、禄が増え、身分も上がった。そうでございましょう」

「ああ」

事実であった。五十俵加増され、目見え以下の身分からお目見えへと格は上がった。

「これもすべて実家の引きでございまする。今大路と伝手ができたのは、あなたさまが医術に精進したからでございましょう。三代かかって出世しなかった矢切が、一代で変わった。いえ、まだまだ途中。あなたさまほどの腕があれば、奥医師になられるのは当然。うまく奥医師となられ、上様のお病でも治されれば、実家をこえることも夢ではございませぬぞ」

「そこまでは無理であろう。今大路と半井は別格じゃ」

世襲で典薬頭を受け継ぐ今大路と半井は、幕府医官の長と家康によって決められている。幕府にとって神君と讃《たた》えられる家康は、絶対であった。いかに名医といえども、その両家を凌駕《りょうが》することはできなかった。

「それくらいの気概をお持ちいただきたいと申しておるのでございまする」

覇気のない良衛に弥須子が励起した。

弥須子には、正妻の娘である姉二人への反発がかなり強いと、良衛は夫婦となってすぐに気づいた。

姉の二人のうち、長姉は奥医師内田玄岱《うちだげんたい》、次姉は旗本伊東主税《いとうちから》のもとへ嫁いでいた。ともに矢切家とは比べものにならない名門である。

側室の娘だから、御家人の家へやられた。嫁に来た当初は、良衛とさえ口をきかないほど機嫌が悪かった。

それも良衛が御家人から表御番医師へと移り、お目見え以上となって変わった。医師というのは生まれよりも医術で評価されるとわかったからだ。

さらに弥須子をのめりこませる出来事もあった。

長姉が、内田の家風に合わずとして実家へ返されたのだ。といってもすぐに五百石取りの寄合医師奈須玄竹のもとへ再嫁した。奈須玄竹の祖父は、堀田筑前守正俊の父正盛《まさもり》の病を治し、謝礼として一千両をもらったほどの名医であった。跡継ぎの嫡男が早くして死んだために、孫への相続となった。相続が起こったとき、まだ玄竹は幼かったため、寄合へ組み入れられ、未《いま》だ奥医師にはなっていない。

すなわち弥須子は夫である良衛が先に奥医師となれば、長姉に勝てると考えている。

「しかし、奥医師へあなたさまがご出世なさったところで、一弥が医術の心得浅ければ、奈須家と同じことになりかねませぬ。一弥は、あなたさまをこえるほどの名医にならなければならないのでございまする。棒を振っている暇などございませぬ。あなたさまも剣術などにうつつを抜かされぬようにお願いいたしまする。一弥の手本となっていただかないと困りまする」

「…………」

良衛は沈黙することで、返答を保留した。

「食事の用意はできているか」

話をあからさまに良衛は逸《そ》らした。

「たみが支度をしておりまする」

不満な顔ながら、弥須子は答えた。

「腹が空いた。朝餉《あさげ》を頼む」

「……はい」

しぶしぶ弥須子が首肯した。

四

宿直明けの翌日は非番である。

朝餉を食べたあと、一眠りした良衛はいつものように往診へ出かけ、夕方前に屋敷へと帰ってきた。

往診先でも話題といえば、江戸城の刃傷のことばかりである。誰もが少しでも他人の知らない裏を知りたがり、表御番医師である良衛に話をさせようとした。

あまりのしつこさに、辟易《へきえき》した良衛は、いつもなら往診のあと出される茶菓を楽しむのだが、それもあきらめそそくさと帰る羽目になった。

「夕餉《ゆうげ》を頼む」

疲れ果てた良衛は、空腹をいつもより強く感じていた。

医者というのはいつ急患を迎えてもよいように、酒は飲まない。これは矢切家の決まりごとであった。良衛の父も祖父も一切酒精をたしなまず、隠居してからようやく晩酌を始めたほどであった。その親たちを見てきただけに、良衛も酒は口にしなかった。

その代わりといってはなんだが、矢切家は食事には贅沢《ぜいたく》をしていた。医者が食を疎《おろそ》かにして、体調を悪くしては患者に顔向けができない。

矢切家の夕餉にはかならず、魚か鳥か、卵が付いた。

「今夜は雉《きじ》の焼きものか」

良衛の好物であった。

「一弥、ゆっくり嚙《か》みなさい」

「はい」

息子が首肯した。

武家の食事は当主と嫡男が一緒に食べる。正妻、母といえども、女は給仕をするだけであり膳《ぜん》を共にはせず、後ほど台所ですませるのが決まりであった。

「殿さま」

食事を始めてすぐ、三造が声をかけた。

「どうした」

三造は夕餉の最中と知っている。それが中断を強いるとはよほどのことだなと、良衛は箸《はし》を置いた。

「井筒屋がお目にかかりたいと参っておりまする」

「……来たか」

良衛は嘆息した。

「客間へ通しておけ。白湯《さゆ》をな」

「はい」

指示を受けた三造が、下がっていった。

「父上、患者でございますか」

食べるのをやめた一弥が訊《き》いた。

「客だ。父は中座するが、一弥は食べてしまいなさい」

「はい」

「食べ終わったら、もう寝なさい」

うなずく吾《わ》が子へ笑いかけて、良衛は客間へと向かった。

矢切家の客間は、診療室を兼ねている。

薬の匂いの籠《こ》もった部屋で、薬種問屋井筒屋五平《ごへい》が白湯を飲んでいた。

「どうした」

客間へ入った良衛は、挨拶《あいさつ》を飛ばした。

「夜分に畏《おそ》れ入りまする」

井筒屋がていねいに頭を下げた。

「妻への気遣い、ありがたいが、今後はやめてくれるように」

慇懃《いんぎん》な態度の井筒屋へ良衛も応じざるをえなくなった。

「お気に召していただければ望外のよろこびでございまする。矢切さまにはいつもご贔屓《ひいき》をいただいておりまする」

「……で、どうした」

もう一度良衛は用件を急《せ》かした。

「たいへんなことだったそうで」

うかがうような目で井筒屋が見た。

「……なんのことだととぼけるわけにはいかぬな。これだけ評判となっていてはな」

良衛はあきらめた。

「なにを訊きたい。一から全部語っても無駄であろう」

「さすがでございますな。要領をお心得になっておられる」

結構だと井筒屋がほめた。

井筒屋は、日本橋で店を構える薬種問屋の主である。良衛より十歳ほど年長であり、商売の才もあった。もともと、井筒屋は小伝馬町《こでんまちょう》の片隅で細々とやっていた。そこへ五平が婿養子として入って十五年で、店を江戸一の商家が並ぶ日本橋へ移させるほどに大きくしてのけた。

幕府奥医師の屋敷に出入りするだけでなく、御三家、加賀藩の御用商人を務める江戸でも有数の薬種問屋が、矢切ていどの町医者を相手にするのは、先代同士が将棋敵の仲だったことによった。

「稲葉石見守さまの遺書についてご存じでございまするか」

「遺書……いや、城中でもその話は聞かなかったな」

井筒屋の問いに良衛はとまどった。

「その話はどこから訊いた」

逆に良衛は尋ねた。

「あるお方が、お城坊主から聞かれたそうでございまする」

名前を教える気はないと井筒屋が告げた。

「遺書の内容については知っておるのか」

「はい。それで少し腑《ふ》に落ちませず」

井筒屋が首を縦に振った。

「内容を教えてくれ」

「…………」

頼んだ良衛に井筒屋が黙った。

「こちらの知っていることは話す」

良衛は取引を提示した。

「それは、どこまでのことでございましょう」

「どこまでとは」

井筒屋の言った意味を良衛ははかりかねた。

「昨日、矢切さまが知られたことだけなのか、それともこれから耳に入るものも含むのかと」

「そちらは一つで、こちらは無限。少し虫が好《よ》すぎぬか。別にそなたに問わずとも、数日すれば城中でも聞こえてこよう。これまでだな。気を付けて帰られよ」

厳しく言って良衛は、帰れと手を振った。

「よろしゅうございます。今後矢切さまへはお薬のお納めを遠慮させていただくことになりまするが」

井筒屋が脅した。

「かまわぬぞ。江戸に薬種問屋は何軒もある。義父に頼めば、よいところを紹介してくれるであろうからな」

良衛は今大路親俊の名前を出した。

「…………」

ただの町医者ならば、井筒屋の言葉に屈するしかない。しかし、良衛には妻の実家という権力があった。典薬頭に嫌われては、江戸で薬種問屋はやれなかった。言い返された井筒屋が沈黙した。

「お帰りいただこう。取引はこれで終わりだな。未払い金は明日《あした》にでも届けさせる」

薬種問屋との支払いは、節季締めと決まっていた。これは、患者から医者への謝礼も節季ごとにまとめてする慣習だったからである。

「言い過ぎました。お詫《わ》びいたしまする」

井筒屋が折れた。

「いや、こちらも言葉が過ぎたかも知れぬ」

良衛は手打ちをした。

もともと井筒屋と喧嘩《けんか》をする気など端からなかった。

たしかに薬種問屋というのは何軒もあるが、品揃えに差があった。草木の生薬に得意な店、和蘭陀や清などからの輸入薬に強い店と特徴があった。

井筒屋は特に唐来ものに強い。和蘭陀流外科術を専門としている良衛にとっては、得難い取引先なのだ。

かといって、折れるわけにはいかなかった。幕府の医師が出入りの商人につけこまれて、顎《あご》で使われているなどと噂されただけで、身の破滅となりかねない。

「お詫び代わりにこちらの話を先にさせていただきまする」

一礼した井筒屋が、懐から書付を取り出した。

「これを……」

井筒屋が書付を、良衛へ渡した。

「お話を伺って写したものでございまする。このとおりという保証はあいにくございませぬ」

「お城坊主から話を持ちかけられたのだろう。もし、そのまま教えてもらえたならば、まず真実だ。お城坊主は偽りを言わぬ」

受け取って良衛は読み始めた。

「私親伊勢《いせ》守、先年駿府《すんぷ》において、不慮横死致し候ところ、家督相違なく仰せつけいただくとのご厚恩を賜る。かつご当代さまになってより、ご加恩お役儀仰せつけられるなど、今生でなしがたき仕合わせ。ご高恩に報いること難しく、よって筑前守を討ち果たし申し候」

声に出した良衛は、首をかしげた。

「なんだこれは。まったく趣旨がわからぬではないか」

「さようでございましょう。わたくしにお話をくださったお方さまも首をひねっておられました」

井筒屋が述べた。

「父が、駿府で急死した。それなのに家督を無事に継がせていただき、さらに役目に就けてもらったうえ、加増もいただいた。このご恩へ報いるには、筑前守を殺すしかない……わからぬなあ」

「恩と筑前守さまを討つとのかかわりが、あるようには思えませぬ」

腕を組む良衛へ、井筒屋も同意した。

二人は顔を見合わせた。

「約束だ。こちらの知っていることを教えよう」

「お願いいたしまする」

井筒屋が身を乗り出した。

「話を聞いたのはお城坊主だ。あいにくその場に居合わせた御用部屋坊主ではない」

「はい」

又聞きであると言った良衛へ、井筒屋が構わないと応じた。

「堀田筑前守さまの治療は本道医がおこなった」

「矢切さまではなかったと」

「医師溜《だまり》には、刃傷の報《しら》せさえこなかったわ」

「なんと」

さすがに井筒屋が驚いた。

「かろうじて筑前守さまは下城の際、息をなさっていたそうだが……」

「こちらの聞いた話では、その日の夜に亡くなられたそうで」

井筒屋が告げた。

「筑前守さまの屋敷に外道医はいたろうな」

「おられたはずでございまする」

「手の施しようがなかったと」

「…………」

確認する良衛に、井筒屋が無言でうなずいた。

「となるとお城での手当がどうだったか」

「即死なさっていたということは」

「お城坊主の言は信用できる。正確には傷口を見られればわかるのだが」

良衛は否定した。

お城坊主は城中の噂を売ることで金を稼いでいる。次の老中は誰になりそうだ、誰々が病気でお役目を辞めそうだなどの噂から、誰々がどこの遊女に夢中になっているまで、お城坊主の取り扱う噂は多岐にわたる。たとえ長屋の女房たちが洗いもののついでにする井戸端会議ていどの噂でも、城中のものとなれば要りような者はいる。お城坊主は噂の内容に合わせて買い手を探す。欲しがっている者に渡るから噂の需要もあり、値段も付く。それだけに噂の真偽にはうるさい。一度ならまだしも、二度はずれたら、もう買い手はつかなくなる。となれば、困るのはお城坊主なのだ。

「でございましたな」

井筒屋が理解した。

「刀傷を和蘭陀流外科術ではどう処置なされまするか」

「切り傷ならば、絹糸で縫い付ける。その上から綿布をあてて、しっかり押さえつける。切り傷で厄介なのは、血が流れすぎることだからな。血を失えば心の臓が止まる。ややこしいのは突き傷だ。切り傷は、そのほとんどは骨までで止まる。刀といえどもよほど腕の立つ者が振るわぬ限り、骨まで断つことはない。だが、突きは骨の隙間を襲い、直接五臓六腑《ろっぷ》を傷つける。肺腑《はいふ》や心の臓、肝臓などをやられれば、まず助からぬ。ほぼ即死だな。腹でも同じ。胃の腑《ふ》に穴を開けられれば、その場では死なぬが、あふれた胃の液で腹腔《ふくこう》を侵され、三日ほどで……」

「ご勘弁を」

身震いして井筒屋が止めた。

「筑前守さまのご遺体は拝見できぬ。となれば、その場にいた誰かに訊《き》かねばならぬな」

「お願いできまするか」

「なぜ、そこまで筑前守さまのことにこだわる」

疑問を良衛はぶつけた。

「次のお方を見極めねばなりませんので」

「……次のお方」

井筒屋の答に、良衛は首をかしげた。

「大老さまは幕府を一手に握っておられた。そのお方が不慮の死を遂げられたのでございますよ。お歳を召されて隠居なさるというならば、後継者を指名されまする。しかし、今回はその間などございませぬ。つまり、どなたが次の幕政を牛耳られるか、まったく不明なのでございまする」

「それはわかる。しかし、薬種問屋に幕閣の人事が影響するとは思えぬぞ」

「大いに響きますぞ。薬種問屋だけでなく、すべての商人が知りたがっておりまする」

あきれた顔で井筒屋が言った。

「ときの権力者に近づければ、いろいろと便宜をはかっていただけまする」

「ならば、決まってから挨拶《あいさつ》に行けばいいではないか」

「それでは遅いのでございますよ」

わかっていないと井筒屋が首を振った。

「今までおつきあいをしていなかったお方のもとへ食いこむのでございますよ。最初から出遅れておりまする。ただ、新たな権力者となられるお方は、味方が欲しい。長くつきあってきた信頼の置ける相手はすでにある。そこで求められるのは、目先の利く者でございまする」

「目先の利く者……おぬしのような」

先ほど商売の縁を切ると告げられたばかりである。良衛は嫌みな口調で言った。

「褒め言葉と受け取っておきまする」

嫌みをあっさりと井筒屋が流した。

「ただ目先の利く者は、信がおけませぬ」

「……なるほど。己が落ち目になったとき、さっさと逃げ出すからだな」

「さようでございまする」

井筒屋が顔色を変えずに同意した。

「ゆえに数は要らぬのでございまする。多ければ、裏切られたときの被害も大きい」

「少数精鋭か」

良衛は理解した。

「はい。そしてなにより己の優秀さを見せつけるのは、どれほど速く参じられるか。それしかございますまい」

「理解はしたが、目利きのできる者ほど裏切るときも早い。そんな者を懐へ抱えてくれるのか」

素直な疑問を良衛は口にした。

「目を付けておけば、狼煙《のろし》代わりになりますから。わたくしが裏切ったとき、それは己が権の座から落ちるのが近い徴《しるし》。権を失うことを前もって知れれば、いろいろ動くだけの間を作れまする」

「失わぬように手も打てるか」

「いいえ」

良衛の言葉に井筒屋が首を振った。

「それほど甘くはございませぬ。権を持つ者はいつも狙われておりまする。天下を思うがままにできる力。これを欲する者は多ございまする。ただ、あからさまに狙っているとわかれば、権を今握っている者に潰《つぶ》されまする。野心を隠せぬ者に権は握れませぬ。そして、野心を隠し続けていた者が、権を奪いに動き出したときは、もう止まりませぬ。止まれぬというのもありまするが、当代の権力者にそれだけの隙が生まれたからで。隙を作った権力者は終わりまする」

井筒屋が語った。

「ご大老が隙を作られたと」

「はい。刃傷という理不尽ではございますが、これも隙。一族の稲葉石見守さまといえども、警戒していなければなりません」

「なんとも寂しいものだな。権力者というのは」

親戚《しんせき》さえ信じられぬのかと、良衛はあきれた。

「得るものも大きい代わりに、失うものも多い。それが権というものでございましょう」

首肯した井筒屋が続けた。

「これはご忠告でございまする。堀田さまにはかかわられまするな」

「どういうことだ。堀田家は被害者であろう」

良衛は問うた。

「被害者ではございますが、次の権力を握られる方からしてみれば、二代にわたって執政を出された名門。放置しておけば、跡継ぎさまも執政として引き立てられましょう。なにせ、ご大老堀田筑前守さまは、五代さま最大の功労者。上様のお気にいり。

幸い、ご嫡男はまだ家を継がれてもおられませぬ。今のうちに叩《たた》き、執政になれぬようにしておかねば、いつか、己の座を脅かす相手となりましょうほどに」

「………………」

否定することが良衛にはできなかった。なにせ二百俵の吹けば飛ぶような軽輩なのだ。誰が執政になろうとも影響などない。権と触れることなく生きてきた。井筒屋の話は、良衛にとって衝撃でしかなかった。

「あと一つお教えを。稲葉石見守さまを討たれたのはどなたでございましょう」

「ご老中、大久保加賀守さま、戸田山城守さま、稲葉美濃守さま、阿部豊後守さまだそうだ」

「ご老中さまばかり……不思議でございますな。御用部屋の側に警固のお方はおられませぬのでございましょうか」

聞いた井筒屋が疑問を呈した。

「えっ……」

良衛は驚愕《きょうがく》した。

「まあ、それはどうでもよろしいことでございました。では、またなにかございましたら、是非お報《しら》せくださいませ」

「……ただの刃傷ではないのか」

用を終えて出ていく井筒屋を見送る気さえ、良衛はなくしていた。

第三章　医術方便

一

医者というのは、いろいろと忙しい。朝のうちは患者の診察、昼からは往診、夕刻は調薬と寸暇もない。そこへ急患の対応なども入る。そんな毎日のなかで、良衛は早朝夜が明けきる前のわずかな隙間を使って、剣術の稽古《けいこ》をおこなっていた。

「はっ」

「やああ」

屋敷の庭で真剣を振る。

稽古用の木刀ではないのは伸びが違うからであった。

鉄の塊である真剣は重い。振れば肩から持っていかれるほど引っ張られる。これを伸びと言った。木刀もそこそこ重量もあり、振ればそれなりに伸びる。だが、真剣のほうが一寸（約三センチメートル）ほど伸びが長い。実戦では、この一寸が勝負を分ける。一寸食いこめば、当たらないはずの剣が当たる。皮膚を切るだけだったのが、肉を裂く。肉を裂くだけだったのが、骨を割る。急所だと、一寸で血脈を存分に裂ける。首の血脈を断たれれば、助からない。

あと一つ、木刀と真剣の差はあった。真剣は刃を付けるため、薄く鋭く研ぎ澄まされているため空気を裂くのだ。こればかりは木刀では絶対にまねできなかった。

この二つの感覚の差を理解していないと、真剣勝負で思わぬ不覚を取りかねない。届かないと見切った相手の切っ先が、こちらの身体に傷を付ける。たとえ致命傷でなかったとしても、痛みは身体の筋を縮め、動きを悪くする。斬られたとの焦りが、長年の修練を忘れさせる。なにより、傷から出る血は命にかかわるのだ。

真剣の動きを頭ではなく身体に染みこませる。いざというとき、いつもの太刀行きができるように、稽古はそのためのものであった。

「…………」

ひとしきり型を繰り返した良衛は、太刀を青眼に戻した。

庭には誰もいない。ゆっくりと息を吸い、糸を吐くように細く鼻から出すを良衛は繰り返した。心のなかで二十数える。一回の呼吸にそれだけのときをかける。こうすることで、身体のなかに新しい空気を行き渡らせる。

十数回繰り返し、身体のなかの使い古した空気をすべて新しいものにした良衛は、稽古の締めと、目の前に仮想の敵を作り出した。

「えいっ」

仮想の敵へ向かって剣を振るう。

「……………」

影のような仮想の敵がかわし、反撃に出てくる。

「なんの」

それを峰で受けて上へ弾《はじ》きあげ、相手の両脇を空けさせた良衛は、その隙へと太刀を突き出した。

太刀が仮想の敵を貫き、良衛は残心の形を取る。

静かに残心を解き、良衛は霧散した仮想の敵がいた位置へとていねいに一礼した。

「ふううう」

大きく息を吐いて、良衛の朝稽古が終わった。

「お疲れさまでございまする」

三造が手拭《てぬぐ》いを手に近づいてきた。

「ありがとう」

礼を言って受け取った良衛は、手拭いで身体を拭《ふ》いた。井戸水で濡《ぬ》らし、固く絞った手拭いが汗と一緒に身体の熱気をぬぐい取ってくれた。

「先代さまをこえられましたな」

感心したように三造が言った。

「まだまだ及ぶまい」

使い終わった手拭いを三造へ返しながら、良衛は謙遜《けんそん》した。

良衛が使う剣術は、矢切家に代々伝わる我流であった。乱世をほとんど足軽同然の身分で生き残ってきた先祖たちが戦場で体験したものを受け継いだ、剣術というのもおこがましいものである。

理も法も体系立てた教えなどない。長年の歴史と積みあげた診療録に裏打ちされた学問である医術と対極をなすのが、矢切家の男たちが受け継ぐ戦場剣術であった。

「いえいえ。最後の突きの速さは、先代の最盛期を凌駕《りょうが》されておりまする」

三造が褒めた。

「そうか」

医術にせよ、剣術にせよ、他人から認められるというのはうれしいものだ。良衛は照れた。

「弥須子と一弥は」

「奥さまはすでにお目覚めで、若さまはまだお休みになっておられまする」

問われた三造が答えた。

御家人から旗本へと格が変わると、呼び方も違ってきた。

当主は御家人では旦那《だんな》さまであり、旗本だと殿さまになる。同様にご新造だった妻が、奥さまへと変わる。

身分の差とはここにまで及んでいる。

本来ならば屋敷替えもあるのだが、矢切家の特殊な事情から、それはなされていなかった。

鍛錬を終えた良衛は、朝餉《あさげ》の後すぐに診察に入った。

「どうだね」

「まだ少し、胃の腑《ふ》が張っておりまして……」

辛《つら》そうな顔をしたのは初老の御家人の妻であった。

「便は通じておりますか」

「いいえ。もう……三日も出ておりませぬ」

少し恥じらいながら、御家人の妻が答えた。

「食事はしっかりとお摂《と》りでしょうな」

「あまり進みませんが、一応は」

「ちなみに昨夜はなにを召しあがられたか」

誘導するように良衛は話を持っていった。

「ご飯とお汁、それに干し鰯《か》と漬けものを」

「お汁の実はなんでござったかの」

「しじみでございました」

御家人の妻が思い出しながら言った。

「さようか」

良衛は一度、言葉を切った。

「少し野菜がたりぬようでござるな。大根や牛蒡《ごぼう》のような根を食べる野菜をお摂りになられなければならぬ。大根の煮物をつけられるとか、汁の実をそうされるとか」

「あいにく、大根とかは苦手でございまして」

「好き嫌いをなされている間、病はよくなりませぬ」

厳しく良衛が注意した。

「……はい」

「本来、この手の病状はお薬ではなく、食習慣を変えることで治さなければ、一時は好《よ》くなっても、また繰り返しまする」

「…………」

御家人の妻がうつむいた。

「しかし、食生活での改善はすぐに結果が出ませぬ。何日も何カ月もかかって好くなっていくもの。急場に間に合わぬのも確か。それにすぐに結果が出ないという欠点もござる。お薬をお出ししますか」

「おいくらほどになりましょうか」

「三回も飲めば、お通じは戻りましょう。お薬代は、一朱でけっこうでござる」

「それならば……」

あからさまにほっとした顔で、御家人の妻がうなずいた。

「では、しばし待合にて」

「ありがとうございました」

ていねいに頭を下げて、御家人の妻が診療室を出て行った。

「三造、大黄をすりつぶした下し薬を用意してくれ」

「へい」

三造が首肯した。

先代のときから、診療の手伝いを何十年とやって来た三造は、門前の小僧習わぬ経を読むの喩《たと》えどおり、かなり医術に精通していた。

「お渡しして参りまする」

すぐに薬を持って、三造が待合へと向かった。

「……殿」

戻ってきた三造が嫌な顔をしていた。

「どうした」

「三日月堂が参っておりまする」

「……やれ、昨日は井筒屋、今日は三日月堂か」

良衛もくたびれた顔をした。

「断るわけにもいかぬな」

通せと良衛が合図した。

待合と診察室は、女の患者の羞恥《しゅうち》を考えて、間に一間挟んでいる。多少大声を出したところで聞こえるものではなかった。

「おじゃまをいたしまする」

三日月堂が、診察室へと入ってきた。

「珍しいな。まだ引き取ってもらうほどのものはないぞ」

良衛が声をかけた。

「今日は商売のお話ではございませんので」

笑みを浮かべながら、三日月堂が首を振った。

献残屋とは、献上品の余りものを買い付け、それを転売して儲《もう》ける商売である。役目に就いた旗本や、医者などは、節季ごとのもらいものが多い。自家で消費できるものはいいが、そうでないものは、腐らせたり、埃《ほこり》を被《かぶ》らせてしまうことになる。当初は、傷んでから古物買いと呼ばれるくずもの、不要品を扱う商人へ下げ渡していた。古物買いは、二束三文で引き取った商品で、どうにかなるものを再販売していたが、手間も考えると商売にならなかった。そこで、使いものにならなくなるまえに、再利用しようと古物買いが考え出したのが、献残屋であった、その名のとおり、献残屋は献上された商品の残りを買い取っていく。そして、それを売った店へ持ちこんで引き取らせたり、包装だけ変えて、献上品を探している客へ売りつける。引き取り店は安く仕入れられるし、客は破格の値段で見栄えのよい献上品を手に入れられる。献上品を払い下げるほうにしても、どうしようもなくなってから売るより、かなりましな金になる。

商品の供給先、仲買の献残屋、客と三者共に儲かることから、あっという間に拡がり、老中たちの役屋敷がある大名小路付近には、何軒もの献残屋が並ぶようになっていた。

「小袖《こそで》はお気に召していただけましたか」

「礼が遅れたの。家内が喜んでいた。気遣いに感謝している」

わざと大仰に良衛は、礼を言った。

「よろしゅうございました。なにぶん、わたくしが選びましたもので、奥さまのお気に召さなかったのではないかと」

大きな身振りで、三日月堂が胸をなで下ろした。

「今回限りにしてくれ」

「えっ」

三日月堂が驚いた。

「家内に小袖一枚も買ってやれぬような男と、向こうの実家に思われては困る」

良衛は今大路家の名を出して、圧迫をかけた。

「それは気づきませんで」

申しわけなさそうに三日月堂が頭を下げた。

「で、今日は城中の噂か」

「……はい」

「あいにく、あのときは一日医師溜《だまり》にいたので、なにもわからぬぞ」

「…………」

三日月堂が窺《うかが》うような目で良衛を見た。

「お城のなかで病人や怪我人が出たとき、表御番医師が出向く。最近決まったばかりとはいいえ、それくらいは存じておりまする」

「表向きはそうなっている。だが、ご老中やご大老ともなれば、表御番医師では格が不足すると言われることが多い」

　現実を良衛は述べた。

「三日月堂よ。おぬしとのつきあいももう四年になるか。世話になっておるゆえ、それそうおうのことをしてやりたいとは思うが、城中であったことを外で漏らすわけにはいかぬのだ」

　良衛はなだめた。

「漏らせぬ……やはりなにかご存じなのでございますな」

「城下で流れている噂ていどのものだ」

　言葉尻《じり》を取った三日月堂へ、良衛は否定した。

「お教え願えましょうか」

「おぬしがどこまで知っているか聞かせてもらおう。同じことだと無駄だからな」

　そう言って良衛は、手元の紙へ、先ほどの御家人の妻の症状、診断、治療法などを書きこみ始めた。

「わたくしの……」

　あきらめた三日月堂が、話し始めた。

「……以上でございまする」

「ふむ」

筆を良衛は置いた。

「基本は変わらぬな。しかし、城中での出来事、それも隠蔽《いんぺい》しようとした事件のあらましが、わずか一日で城下に出回る。幕府の権威とはなにかと考えさせられるな」

良衛は嘆息した。

「矢切さま」

追加を三日月堂が急《せ》かした。

「なにもないとは言わぬ。一つは筑前守さまは、江戸城から出られるときはまだ生きておられた。もう一つ、石見守を討ち果たしたのは、大久保加賀守をはじめとするご老中方。だけだな」

老中が石見守を斬ったというのは、三日月堂も知っていた。ただ、名前まではわからなかったようであった。

「ご老中のお名前はわかりましょうか」

「わかるが、そんなものなんの意味がある。ああ、堀田筑前守どのの代わりに、権を握られるということか。献残屋は力のあるお方に出入りできなければ、儲けにならぬからな」

昨夜、井筒屋から教えられたばかりである。良衛は理解を示した。

老中は幕府の政一切を担う。その権力は大きく、老中に睨《にら》まれれば、潰《つぶ》されることはなくとも、左遷、転封、減封などの憂き目に遭う。ゆえに役人、大名はこぞってその機嫌をとった。節季ごとの挨拶《あいさつ》、大名ならば参勤交代の土産など、贈りものは絶えなかった。

もらいものの多い相手ほど、献残屋の上得意となる。三日月堂が、稲葉石見守を討った老中たちの名前を知りたがるのは当たり前であった。

「いいえ」

三日月屋が首を振った。

「そのお方に近づかないためで」

「どういうことだ」

意味がわからないと良衛は三日月屋へ問うた。

「おわかりになられませぬか。いかに不埒《ふらち》者を討つためとはいえ、今お名前のあがった皆様は殿中で刀を抜かれたのでございまする」

「あっ」

良衛は息を呑《の》んだ。

「殿中法度か」

「はい」

はっきりと三日月堂がうなずいた。

殿中法度とは、江戸城での決まりである。そのなかで殿中での抜刀は禁止されていた。将軍の居城での抜刀は、謀叛《むほん》と同じ扱いを受ける。切腹が決まりであった。

「お城には、刀を抜くことが許されたお方がおられましょう」

「おるな」

井筒屋も同じ疑問を口にしていたと良衛は思い出した。

江戸城内で誰もが抜刀を禁止されれば、将軍へ襲いかかる者がいたときに対応できない。そのため、城内には小姓組番、書院番、小十人組がいた。

小姓組番は将軍の身近に控え、書院番は将軍の外出ならびに殿中、江戸城諸門の警備を担当した。この二組を両番という。名門旗本から選ばれたこともあり、名誉でもあり、のちの出世もあった。

小十人組は、両番よりも後に作られたもので、小禄《ろく》の旗本から武芸達者な者が選ばれ、城中檜の間を番所として詰め、万一に備えた。

三組の番士たちは、将軍の警固を任としていることから、城中で脇差《わきざし》を帯び、なにかあれば抜刀することが許されていた。

「その方たちを呼ばず、ご老中が守り刀を振るう」

「みょうだな」

戦国は遠くなり、すでに戦争を経験した者たちのほとんどはこの世を去っている。かろうじて天草《あまくさ》の乱に従軍した者の生き残りはいるが、老中を始めとする役人のなかにはいない。血を見たことで、気がうわずったと考えられないこともないが、そのていどの精神で老中をやっていけるはずもなかった。

「そのご老中方はどうなさっておいでで」

「別段、噂にはなっていなかったようだ」

老中たちが謹慎を命じられたとか、自ら身を慎んで登城遠慮をしているとかであれば、城中で噂にならないはずはなかった。

「………………」

三日月堂が黙った。

「きなくさいな」

「これでご無礼を」

そそくさと三日月堂が辞去すると言い出した。

「大久保加賀守さま、阿部豊後守さま……」

名前を聞かずに帰ろうとした三日月堂へ、良衛は告げた。

「……つっ」

嫌そうな顔で三日月堂が振り向いた。

「小袖《こそで》の代金じゃ。釣りは要らぬ」

表情を厳しくして、良衛は三日月堂へ告げた。今後下手な探りをしてこないようにと良衛は釘《くぎ》を刺した。

二

非番は二日続く。二日目も同じように過ごした良衛は休みの締めくくりに、一人で一軒の往診へと出た。

「入ってもよろしいかの」

棟割り長屋の一つ、その戸障子の前で良衛は声をかけた。

「どうぞ」

なかから許可が返ってきた。

「ごめん」

戸障子を開けて、良衛は長屋に入った。最後の往診である。すでに日は傾き、日当たりの悪い長屋の奥をはっきり照らすだけの力を失っていた。

「先生、お忙しいところ申しわけございませぬ」

一間しかない長屋の奥で針仕事をしていた伊田美絵が詫《わ》びた。

「いや、他の患家を回る道筋じゃ。気になさるな」

良衛は手を振った。

「調子はいかがかの」

「おかげさまで、最近は体調もよく」

美絵がほほえんだ。

「血など吐かれておられぬか」

「はい。あれ以来一度も」

問われた美絵が否定した。

「それは重畳」

言いながら、良衛は美絵の顔色を見た。薄明かりにも浮かびあがるほど美絵の顔色は白かった。

伊田美絵は、御家人伊田七蔵《しちぞう》の妻であった。労咳《ろうがい》にかかった伊田七蔵は、良衛の診察を受けていたが、貧しい御家人に高価な労咳の治療薬は買えず、半年前に他界した。

大名にせよ、旗本、御家人にせよ、禄というのは個人にではなく、家につく。当主が死のうとも跡継ぎさえいれば、禄はもらえる。

七蔵と美絵の間に子はない。そこで、伊田家では、七蔵の弟を養子としていた。おかげで伊田家は無事に相続が許された。

問題となったのは美絵であった。当主が亡くなり弟や従兄弟《いとこ》などが跡を継いだ場合、後家となった女を妻としてそのまま迎える例が多い。当初、美絵も弟の嫁となって、伊田家に残れるはずであった。

しかし、七蔵の喪が明ける百か日の法要の席で、美絵が血を吐いた。

「労咳がうつっていたか」

集まっていた親戚《しんせき》たちの顔色が変わった。

「そんな女を伊田の家に置いておくわけにはいかぬ」

親戚たちがその場で美絵を追い出すと決めた。

「病持ちに戻ってこられても困る」

美絵の実家も冷たかった。実家も百俵ほどの御家人なのだ。死病であり、働くこともままならない出戻り娘を抱えるだけの余裕はなかった。そして労咳とわかっている女を嫁にもらおうという家もない。

こうして美絵は、婚家実家から離れ、一人長屋で住まいすることとなった。

七蔵の死後、伊田家とのつきあいが切れた良衛は、後日偶然、町で美絵から声をかけられ、聞かされるまで委細を知らなかった。

「……労咳」

良衛は血を吐いたことで、労咳だとして婚家も実家も追い出されたという美絵をじっと見つめた。

「……やはりお気づきになられました」

美絵が苦笑した。

「少なくとも三ヵ月前には、労咳の兆候もなかった」

良衛は断じた。

労咳など人にうつる病は治療も難しいが、なにより拡散を抑えなければならない。とくに病人の看護をする家族が問題となる。良衛も美絵の様子を注意深く観察していた。

「先生はだませませぬ」

美絵がほほえんだ。

「吐血は、口のなかを嚙《か》み切ったせいでございまする」

労咳の振りをしただけと、美絵があかした。

「なぜそのようなことを」

「夫が亡くなる前から、家督を奪おうとしていた連中でございまする。そのうえ、わたくしの身体まで欲するなど……」

訊《き》いた良衛へ美絵が怒りを露《あら》わにした。

「夫の見舞いにさえこず、一緒に住んでいた弟も決して病室へは近づきませなんだ。

それでいて、わたくしの側へは……」

美絵が顔をゆがめた。

「それ以上言われずともよろしかろう」

良衛が止めた。

「しかし、思いきったことをなさる。家を出るなど」

「なんとかなるものでございまする」

感心する良衛へ、美絵が述べた。

「女一人ならば、針仕事でも生きていけまする」

「あぶなくはござらぬか。いや、美絵どのは、まだお若い」

良衛は心配した。

美絵は美貌《びぼう》であった。透き通るような肌とあいまり、人目を引いた。

「上様のお膝元《ひざもと》でございまする。なにほどのこともございませぬ。それに夫を失いました。いわば、すでにこの身は死んだも同然。身を汚されるようなことがございますれば、いさぎよく、処する覚悟」

すっと美絵の表情が変わった。

「…………」

背筋に冷たいものを良衛は感じた。死ぬ気の女に手をだすことのできる男は、そうそういない。

「ご無礼を」

身にまとっていた狂気のような雰囲気を美絵が霧散させた。

「いや……」

良衛は首を振るしかできなかった。

「こほっ」

不意に美絵が咳《せ》きこんだ。

「ふむ」

医者というのは、患家を前にすれば冷静になる。良衛は、さきほどの美絵の恐怖を忘れた。

「熱は出ておらぬか」

「別段、そのような気配はございませぬが」

「身体がだるいということは」

「それも大事ございませぬ」

美絵が否定し続けた。

「食欲はござるか」

「なにもかもがおいしゅうございまして」

小さく恥じながら美絵が答えた。

「なら大丈夫かと思いまするが、労咳というのはすぐに症状の出るものではござらぬ」

「……はい」

美絵も同意した。美絵と婚姻してから血を吐いた七蔵だったが、良衛の見立てでは、その数年前から、罹患《りかん》していた。

「少しでもおかしいと思われれば、遠慮なくお訪ねくだされ」

「かたじけのうございまするが……」

良衛の言葉に、美絵が口籠《ご》もった。

「お薬をさしあげるということはできませぬが、診察はお志だけで結構でござる。伊田どののときと同じ」

「……ありがとうございまする」

深く美絵が一礼した。

「それでも気兼ねだとおっしゃるならば、どうでござろう。裁縫がお得意なご様子。生地は用意いたしますので、夏物と冬物をお仕立ていただくということで」

「それでよろしければ」

美絵が良衛の提案に首肯した。

「御礼が途中で終わっておりましたことを、申しわけなく思っておりました」

伊田七蔵の死後、節季ごとの挨拶が途絶えたことを、美絵が詫《わ》びた。

「いや、気にされることではない」

良衛は手を振った。

その場その場で報酬をもらわない医者は、結構取りはぐれることが多かった。よくならないから払う気にならないと拒まれたり、当人が死亡してしまったためそれ以降のつきあいがなくなったりするのだ。

幸い、矢切家には禄《ろく》があるため、食べていけなくはならないが、町医のなかには不払いがたまって、生活できなくなり夜逃げしてしまう者もあった。それを避けるため、厳しい取り立てをする医者や、金のない患者を相手にしない医者も多い。良衛はかなりましな部類であった。

「では、一枚お仕立てをいたしましょう」

美絵が良衛をじっと見た。

「後ろを向いていただけまするか。ありがとうございまする」

さっと美絵が目で良衛の体形を測った。

「近いうちに生地を届ける」

「はい。これは亡き夫の診察代とさせていただきまする」

「助かる」

良衛は遠慮せず、好意に甘えた。

「わたくしは、その角を曲がった二筋目の米問屋近江《おうみ》屋さんの裏手に住んでおります。長屋の入り口から右三軒目までお願いいたしまする」

「承知した。では」

その場は別れた良衛は、数日後生地を届け、以降たまに様子を見に来るようになっていた。

「今、白湯《さゆ》を」

労咳《ろうがい》を装ったと美絵は言うが、いつそれが真実にならないとも限らなかった。

針を山へ戻して、美絵が立った。

「かまってくれるな」

「いえ。先生に白湯も出さずでは、夫に叱られまする」

美絵が首を振った。

「すまぬな」

長屋の上がり框《がまち》に良衛は腰を下ろした。

武家では敷物を使わなかった。

「年寄りじゃで許せ」

「足が悪いので失礼する」

隠居した大名や旗本でも使うには、こう一言断ってからでなければならないほど、敷物は贅沢品《ぜいたくひん》であった。

「どうぞ」

すばやく薬缶《やかん》に入っていた湯冷ましを湯飲みに入れ、美絵が出してくれた。

「生水は飲んでおられぬようだな」

良衛は満足げにうなずいた。

「お教えにしたがっておりまする」

美絵もほほえんだ。

江戸は水の便が悪い。井戸を掘っても遣えるような水はなかなかでなかった。長屋などでは、多摩から引いた水道の水を井戸へ誘導して、遣っていた。

長屋の井戸は、その便宜上共同の便所に近い。良衛はできれば水は買ったほうがいいと指導したが、長屋の井戸水はただなのだ。正確には家賃に水道代は含まれていた。対して水売りが売りに来る水を買うには別途金がかかる。長屋暮らしではなかなかに難しいのが現状であった。そこで良衛は、夏でも一度沸かしてから飲むようにと美絵へ言っていた。

「お仕事に戻られよ」

「はい。そうさせていただきまする」

勧められた美絵がすなおに針仕事へ戻った。

灯りは金がかかる。魚などの油を使った臭う灯油でもかなりの金額になる。まして蠟燭《ろうそく》など、大名家でもそうそうは使わない。

庶民たちは、日のある間に仕事をすませるのが習慣であった。

「根を詰めすぎてはよろしくござらぬぞ」

美絵の細い指先の動きに、良衛は目を奪われていた。

「でも、お仕事をいただいたわけでございますから」

少しだけ美絵が、目を左へずらした。

「それがすべて……」

美絵の横にはかなりの量の布が置かれていた。

「はい」

動きを止めず、美絵がうなずいた。

天下の城下町となった江戸には、大名を始め、いろいろな人が集まってきていた。当然土地が足らなくなる。となれば、土地を切り開き、海を埋め立てて、江戸の町を拡げるしかない。拡がった町に家を建てることも含め、大きな普請には人手が要る。人が集まれば、家も、食べものも、着るものも要った。

「…………」

良衛は一心に糸を操る美絵を見つめた。

二人の間に、とりたてて会話はなかったが、良衛はこの静かなときを気にいっていた。

「どれ、そろそろお暇《いとま》しよう」

残照が消える寸前、良衛は湯飲みに残っていた白湯をたいらげ、腰をあげた。

「ああ、見送りは結構」

立ちあがろうとする美絵を制して、良衛は長屋を出た。

三

「ここからならば、堀田筑前守さまの屋敷に近い」

歩いていた良衛は、ふと気づいた。

「行って見るか」

良衛は辻《つじ》を曲がった。

旗本、御家人に課せられている暮れ六つ（日暮れ）の門限は、医師には適用されない。急患が出れば、対応するのが医者である。門限だからと拒むわけにはいかなかった。

「患家訪問」

この一言で、閉じられている町木戸や、江戸城の諸門まで深夜であろうとも通行できた。身分を証明するものなど不要であった。頭を丸めていながら常着を身に纏《まと》っているなど、医者しかいない。良衛が夜の江戸をうろついていても、咎《とが》め立てられることはなかった。

堀田家の上屋敷は江戸城大手門を出たところにあった。

もとは四代将軍家綱《いえつな》の御世、大老として権力を振るった酒井雅楽頭忠清《さかいうたのかみただきよ》の屋敷であったが、綱吉によって取りあげられ、天和元年（一六八一）に堀田筑前守へと下された。

二代続いて大老が住まいしただけに、その規模は大きく、贅《ぜい》を尽くしたものであった。

「灯籠《とうろう》もつけられていない。遠慮しているのか」

堀田屋敷の見えるところで、良衛は足を止めた。

武家屋敷はその石高や規模に応じて、夜間辻灯籠に火を入れる義務があった。小さな大名や旗本などは、数家合同でおこなうこともあったが、堀田家くらいの格式となれば、四辻すべてを担当しなければならない。その灯がつけられていなかった。

「凶事だからとはいえ、堀田家に罪はないだろうに」

良衛はつぶやいた。

喧嘩《けんか》両成敗というのが幕府の決まりであった。善悪の判断はせず、争えば同罪。こうしないとやっていけないほど、幕初の大名、旗本たちは荒れていた。

なにせ、殺し合うのが日常であったし、勝つことで禄と名声を得てきたのだ。何かあれば、簡単に刀を抜いた。

顔を見て笑ったというだけで兵を集めて相手の屋敷を襲撃、先祖の手柄話のやりとりで興奮して太刀を抜いたなど、刃傷沙汰《ざた》が頻発した。これらの事情を一々訊《き》いて、裁いていたのでは手間がかかって仕方がない。怒った幕府は、開き直った。それが喧嘩両成敗である。

刃傷も喧嘩といえば、喧嘩なのだ。

権力の限りを尽くした堀田家とはいえ、その当主が刃傷沙汰の当人となり、殺されてしまっては、大老の威勢も使えなかった。

将軍の御座所近くを、血で汚した。難癖をつけられかねない状況に、堀田家が萎縮《いしゅく》したのも無理はなかった。

「兵を出して稲葉家を襲わなかっただけ、ましなのか」

良衛は首をかしげた。

主君の命を奪われたのだ。家臣が仇《かたき》を討つのは当たり前である。いや、堀田家には立派な跡継ぎがいた。忠孝が武家の根本である。親の敵を討たないかぎり、家督の相続は許されないのが不文律である。

「といっても、仇ももうこの世にはいないが」

堀田筑前守を刺し殺した稲葉石見守は、大久保加賀守らによって討ち果たされている。だから仇討《あだう》ちは免除になるかといえば、そうはならない。

「稲葉家がお取りつぶしになるのは確定だろう。しかし、それを待っているというのもみょうだ。潰《つぶ》されてしまえば、仇の討ちようはなくなる。そうすれば、堀田家には永遠に、親の仇に対しなにもしなかった腰抜けという評判がついて回ることになるぞ」

命よりも名を惜しむのが武家である。腰抜けとの悪口は、なにをおいても避けなければならないはずであった。

「わからぬ」

堀田家の対応に疑問を感じながら、良衛はしばらく門前にたたずんだ。

「そういえば、誰も来ぬな」

半刻《とき》(約一時間)近く経っても、堀田家を訪れる者はいなかった。

慶弔も門限から除外されていた。もっとも前もって予定の立てられる慶事は、昼間にすませることが多かったが、不意に発生する弔事はどうしようもなかった。

葬儀は昼間できるが、通夜は読んで字のとおり、夜を徹しておこなわれる。通夜に参加する者も、木戸などを問題なく通過できた。

大老が亡くなったのだ。本来ならば、上屋敷の門は大きく開け放たれたうえ、門前では篝火《かがりび》があたりを照らし、夜を徹して弔問客が訪れるはずであった。

「これが凋落《ちょうらく》というものか」

良衛は嘆息した。

堀田筑前守の前任者である酒井雅楽頭がそうであった。四代将軍の跡継ぎとして、弟の綱吉ではなく、京から宮将軍を迎えようとした酒井雅楽頭は、しっかりと報復を受けた。

五代将軍となった綱吉が、酒井雅楽頭を罷免、江戸城前の屋敷を取りあげたのだ。若かった将軍家綱を支え、下馬将軍とまでいわれた酒井雅楽頭は権力を奪われただけでなく、隠居させられた。憤慨した酒井雅楽頭は、家督を息子に譲った半年後に急死した。徳川家と先祖を同じくし、三河以来の名門譜代として大老にまでなった酒井雅楽頭だったが、将軍綱吉の憎しみを受けたことで、その通夜はひっそりとしたものであり、葬儀も形だけですませざるをえなかった。

「大老と上様の間がうまくいっていないという噂もあったからな」

ともに頭を剃《そ》ることからもわかるように、医者と坊主は世俗と切り離された形となる。

江戸城のどこにでもいるお城坊主ほどではないが、医者も気にされることが少ないのか、意外と密談などを耳にした。いないものと考えられているのだ。

良衛もなにやら新しい令を出すか出さぬかで、将軍綱吉と大老堀田筑前守の間がもめているとの噂を聞いたことがあった。

「腹が空いたな」

そろそろ五つ（午後八時ごろ）近くになる。良衛は帰る気になった。

どれほど大きな屋敷でも、大門の他に路地に面した脇門があった。脇門は、屋敷の長屋に住む藩士家族たちや出入りの商人たちが使うもので、藩の格式などに関係なく、あまり大きなものではなかった。

路地の前を通ろうとした良衛は、にじみ出るような気配に身構えた。

「押し破れ」

路地の奥で低い声がした。

「大事ないのか」

「問題ない。今のこの時期、堀田家は騒動を表沙汰《おもてざた》にできぬ。刃傷の裏を知られるわけにはいかぬからな」

小声のやりとりの後、大きな音がした。

「よし、もう一発だ。それで閂《かんぬき》は折れる」

ふたたび破砕音がした。

「よし、行け。目指すは嫡男ぞ。当主に続いて世継ぎまで殺されれば、どれほど将軍の信頼厚い重臣の家も終わりだ」

「おう」

「任せよ」

かなりの数の足音が、一斉に屋敷へと入っていった。

「狼藉《ろうぜき》者か」

良衛は駆けた。

「なにやつじゃ。ここを大老堀田筑前守の屋敷と知ってのことか」

大きな音に出てきた堀田家の家臣たちが、阻止しようとした。

「…………」

襲撃者たちは無言で斬りかかった。

「慮外者じゃ……あぐっ」

屋敷に向かって叫んだ家臣が、袈裟《けさ》懸けにされて倒れた。

「な、なにを」

他の家臣たちが驚愕《きょうがく》した。

すでに機先は制されていた。太刀を抜いてもいない家臣たちと、足ごしらえから身支度まですませた襲撃者では、勝負にならなかった。

「うわっ」

「ぎゃっ」

たちまち家臣たちが斬り伏せられた。

「嫡男は仏間に詰めておるはずじゃ」

頭領らしい襲撃者が手を振った。

「防げっ」

嵩《かさ》嵩の家臣の叫びも虚《むな》しく、襲撃者は御殿のすぐ側まで迫った。

「待て」

良衛は後ろから声をかけた。

「なんだ」

「夜中に他家の屋敷に押し入るなど、不逞《ふてい》の輩《やから》であるな。早々に立ち去ればよし、さもなくば」

すばやく良衛は脇差《わきざし》を抜いた。

「坊主が刃物を振り回すなど、止めておけ」

襲撃者の一人が鼻先で笑った。

「事情も知らぬのに余計な口出しは、後悔のもとぞ」

頭領が、冷たく言った。

「どこのどなたかは存ぜぬが、かたじけない」

つけこまれていた家臣たちにとって、襲撃者の足が止まるのはなによりであった。

その間に、増援が集まるからだ。

「五輪《いつわ》、坊主の相手を。残りは仏間へ向かえ」

頭領が指示を出した。

「承知」

ひときわ身体の大きな侍が、太刀を下げたまま良衛へと近づいてきた。

「今なら見逃してやるぞ。坊主は葬式を出すのが仕事、出されるのは本意ではあるまい」

五輪が笑った。

「拙者の仕事の一つに、最期を看取《み》るというのがある」

良衛は脇差を下段に構えた。

表御番医師となってから両刀を差すのを止めていた良衛は、心のなかで臍《ほぞ》を噛《か》んでいた。

太刀と脇差では刃渡りが違いすぎた。脇差で太刀の相手をするには、どうしても相手の間合いに踏みこまなければならなかった。わずか七寸（約二十一センチメートル）から八寸（約二十四センチメートル）の間とはいえ、相手の切っ先の下をくぐらなければ、こちらの刃は届かないのだ。

「みょうなことを言う。死に際に坊主は要るまい。死んでから初めて、仕事になるのであろうに」

首をかしげながらも五輪はしっかりと間合いを詰めてきた。

「…………」

良衛は言い返さず、じっと相手の胸元を見た。

動き出しをはかるならば、足に注意するべきであった。それを良衛はせず、胸を見た。

人は呼吸しなければ生きていけない。息を吸えば胸の筋肉が拡がる。吐けば締まる。人の身体は、開いているときに動きにくい。筋は縮むことで力を生み出すからだ。

「念仏を唱えなくていいのか」

五輪が二間（約三・六メートル）のところで足を止めた。

「…………」

言葉は息と共に出る。発した後は吸わなければならない。声を出すことは隙に繫《つな》がった。

一足一刀、踏み出せば届く必至の間合いに入ったならば、口を開くべきではないと良衛は父からならっていた。

「怖くて声もでないか」

威圧のつもりか、大きな口を開けて五輪が笑った。笑うのも息を吐くのと同じである。

「はっ」

笑い終わる寸前、良衛は踏み出した。

「こ、こいつ」

不意のことに五輪が焦った。

「はああ」

大きく踏みこんだ良衛は、膝《ひざ》を深く曲げて姿勢を低くした位置から、下段の脇差を斬りあげた。

「くそっ」

下からの攻撃は見にくい。あわてて下がろうとした五輪だったが、息を吸っただけ遅れた。

「ぎゃっ」

股間《こかん》のすぐ上から、下腹を逆さまに裂かれて、五輪が苦鳴をあげた。

「浅かったか」

手応《てごた》えの軽さに良衛は気づいた。

人の腹は腹膜という膜に包まれている。これが内臓をお腹のなかへと納めている。この腹膜が破れれば、腸や肝臓などがあふれ出てくるのである。当然、内臓を押さえているだけにかなり丈夫であり、斬れば手応えでわかった。

「こやつめええ」

斬られて頭に血がのぼった五輪が、大声をあげて太刀を振り回した。

怒りに我を忘れた動きは、鋭くともおそろしいものではなかった。良衛は、ゆっくりと相手の動きを観察した。

力任せに太刀を振っている五輪の腕が重みで引っ張られていた。振った太刀の勢いを殺せていない証拠であった。

「やあっ」

目の前五寸（約十五センチメートル）前を太刀の切っ先が過ぎた瞬間、良衛は小さく脇差を振った。

「あつっ」

左手の肘《ひじ》を斬られた五輪が、思わず太刀から手を離した。太刀が遠くへと飛んでいった。

「しまった」

右手で斬られた左手を押さえた五輪が、得物を失ったことに気づいて、唖然《あぜん》とした。

「ま、待て」

急いで脇差を抜こうとした五輪だったが、鯉口を切らずにいたため、手間取った。

「待つ理由はどこにある。尋常な勝負ではなかろう」

良衛は脇差を水平にして突きだした。

「……はふっ」

肋骨《ろっこつ》の間を滑るように脇差が入り、五輪はため息を吐くような声を漏らして即死した。

「…………」

命が消える瞬間、最期の身震いが脇差をつうじて良衛へ伝わった。良衛は顔をゆがめた。

「戦場で消えた命を思ったら、その瞬間に死が取り憑《つ》く」

良衛は、祖父の言葉をわざと口にした。良衛の祖父、泉衛《せんえい》は大坂の陣を経験していた。

「人らしい気持ちをもった者から死ぬ。それが戦場だ。狂えた者だけが生き残るのだ。

人の命を奪った後悔は、戦い終わってから十分できる。もっともそれも生きていればこそだがな」

まだ六歳と幼かった良衛に初めて剣術を教えたとき、淡々と泉衛は告げた。

「剣を抜けば、ことの是非など関係ない。生きるか死ぬかだけが残る。そして生き残った者が是となり、死んだ者が非となる。抜いた以上は勝て」

泉衛はそうも教えた。

「後悔は、後ほど悔いるからそういうのだがな。人を殺して出世する侍として生まれた限り、生き死にに躊躇《ちゅうちょ》はするな」

戦場を経験した泉衛の口癖であった。良衛は手に残る感触を無理から振り払った。

「他はどうなっているか」

脇差《わきざし》を五輪の身体から抜きながら、良衛はようやく周りの状況を気にした。

「まずいな」

すでに戦いは御殿の縁側へと移っていた。

庭に堀田家の家臣と襲撃者の死体が転がっているが、あきらかに家臣のほうが多い。

「鉄砲を」

若い家臣が提案した。

「たわけ。大手門側で鉄砲を放つなど、論外じゃ」

歳嵩《かさ》の家臣が叱った。

大手門付近で鉄砲の音がしたら、お城へ撃ちこんだと思われても文句は言えない。それは謀叛《むほん》と同罪であった。

「ならば弓を」

「味方と混戦しておるにの、同士討ちとなるぞ」

さらに言う若い家臣を、歳嵩の家臣があきれた口調で諫《いさ》めた。

「なんとしてでも止めろ。槍《やり》を」

歳嵩の家臣が叫んだ。

「…………」

良衛は走った。血塗られた脇差を、もっとも後方にいた襲撃者の後頭部へと遠慮無く後ろから振るった。

「あくっ」

後頭部を割られた襲撃者が絶息した。

首の後ろは人の急所である。ここをやられると一瞬で息が止まる。

「後ろからとは卑怯《ひきょう》な」

隣にいた襲撃者が、わめいた。

「…………」

戦場で卑怯も未練もなかった。生き残った者が勝者なのだ。死人には文句を言う権利さえない。

「しゃっ」

良衛は脇差を投げつけた。

「えっ」

唯一の得物を投げるとは思わなかったのか、まともに喰らった襲撃者が目を白黒とさせた。

「この」

太刀を振ろうとしたが、胸に刺さっている脇差がじゃまになった。

「ええい」

脇差を自ら抜いた襲撃者だったが、傷口から一気に血を噴いて倒れた。しかし、それもすぐにおさまった。

「借りるぞ」

良衛は、死んだ襲撃者の太刀を奪った。

「少し手元が重いか」

素振りをした良衛は、太刀の癖を把握した。

「…………」

静かに息を吸った良衛は、残っている襲撃者の後ろに回った。

「三人倒したぞ」

良衛は大声で告げた。

「……なにっ」

頭領が振り向いた。

「五輪、峰岸《みねぎし》、田上《たのうえ》」

倒れている三人の名前を、頭領が呼んだ。

「きさま……」

憎しみの目を頭領が向けた。

「さて、どうする」

油断せず、良衛は頭領との間合いを計った。四間（約七・二メートル）弱、空いていた。これだけあれば、飛び道具でない限り、十分対処できる。

「奇襲は勢いのある間に終わらさねばならぬ。でなくば、体勢を整えられてしまうからな」

「……………」

頭領が沈黙した。

「包みこまれて全滅するというならば、それもよし」

良衛は続けた。

「恥を忍んで生きて帰り、今後の足しにするというのもある」

「……退《ひ》けっ」

一瞬、逡巡《しゅんじゅん》した頭領だったが、決断した。

「おまえの顔覚えたぞ」

頭領が睨《にら》んだ。

「お互いさまだな。誰の命かは知らぬが、失敗した者を寛恕《かんじょ》してくれるお方であればよいがな」

油断せずに、良衛は頭領へ言い返した。

「待て、このまま帰れると思っておるのか」

堀田家の家臣が止めようとした。

「うるさい」

うかつに前へ出た家臣が、頭領によって斬り殺された。

「……ひっ」

追いかけた家臣たちが、固まった。

「これで終わったと思うな」

捨て台詞《ぜりふ》を残して、襲撃者たちが引きあげた。

「お、追え」

姿が見えなくなってから、藩士たちが勢いづいた。

「大手前だ。騒がしくするな」

歳嵩の藩士が制した。

「……はっ」

あからさまにほっとした顔を藩士たちが浮かべた。

「警戒をいたせ」

指示をした歳嵩の藩士が良衛へと近づいてきた。

「ご助勢かたじけない。拙者、堀田家の臣佐光瀬《さこうせ》兵衛《ひょうえ》と申す。お名前をお伺いいたしたい」

「表御番医師矢切良衛にござる」

良衛は答えた。

「御番医師さまでございましたか」

佐光が驚いた。

「傷を負った方々の手当をさせていただいてよろしいか」

「お願いいたしまする」

言い出した良衛へ佐光が一礼した。

傷を負っていても自力で立てている者を良衛は排除した。

「……だめか」

倒れ伏している者を順に診ていくが、ほとんどはすでに息絶えていた。

「……ううっ」

かろうじて左肩から右脇腹へと袈裟懸《けさ》けにされた藩士が生きていた。

「少し痛むが、動くな。抑えて。絹糸と針、あと綺麗《きれい》な木綿の布と焼酎《しょうちゅう》を」

袈裟懸けされた藩士へ命じたあと、佐光に手伝いを頼んだ。

「なにを」

「傷口を縫う。このままでは、血が止まらぬ。急いで」

問う佐光へ良衛は告げた。

すぐに道具は用意された。

「辛抱しろ」

道具を待つ間に良衛は衣服を裂いて傷口を露《あら》わにしていた。

「鎖骨がやられている。幸い血の管は斬られていない」

良衛は傷口を合わせて、縫った。針が刺す痛みより、斬られた痛みが大きいのか、
藩士は反応しなかった。

「……よし。焼酎を」

木綿の布に焼酎を垂らし、それを傷口にあて、別の布で縛り付けた。

「戸板を。できるだけ動かさぬように。あと熱が出るはずだ。出たならば、首と頭を冷やしてやってくれ」

良衛は佐光へ指示を出した。

「米沢《よねざわ》は助かりましょうか」

「血をどれだけ失ったかと傷口が膿《う》まぬか次第だな。毎日焼酎で湿らせた布を新しいのに替えてやってくれ」

「かたじけのうございまする」

佐光が頭を下げた。

「襲い来た者に覚えは」

「…………」

訊《き》かれた佐光が黙った。

「……ではお伺いいたしませぬ。これにて」

根掘り葉掘り問うわけにもいかない。表御番医師に詮議する権はない。

「申しわけございませぬ」

詫《わ》びる佐光を背にして、良衛は屋敷を出た。

四

当番の日の登城は、五つ（午前八時ごろ）である。前日の宿直番からの申し継ぎもあるため、その小半刻《とき》（約三十分）ほど前には医師溜《だまり》に着いておくのが慣例であった。

「おはようございまする」

医師溜の襖《ふすま》を開けると、すでに全員が揃っていた。

「これは、皆さま、すでに」

前夜の当番、今日からの当番と合わせて二十名にもなると、さすがに医師溜も狭く感じた。

「矢切は、どうであった」

いきなり大野竜木が訊いてきた。

「なんのことでござろう」

質問の意図がわからないと良衛は聞き返した。

「相変わらず鈍いの。いろいろ問われたであろう、刃傷について」

あきれた顔で大野竜木が言った。

「……たしかに。先生方も」

見回した良衛に、一同が首肯した。

「その場にいなかった我らでさえ、そうなのだ。奈須玄竹どのはどれほどの目に遭われたか」

佐川逸斎が案じた。

「少し、お伺いいたしてよろしゅうございましょうか」

「なんじゃ」

良衛の言葉に大野竜木が応じた。

「奈須玄竹どのは、本道で寄合お医師であったかと存じますが」

「そうじゃ」

大野竜木が肯定した。

奥医師になるための待機として、医道修業を務めるのを任とする寄合医師には、開業も許されている。

「寄合お医師は、普段登城されておらぬのではございませぬか」

「であるな」

確認する良衛へ大野竜木が首肯した。

寄合とは御家人でいう小普請組の意味であった。すなわち無役なのだ。無役は登城することがなかった。

「では、なぜ奈須玄竹どのが、堀田筑前守さまの治療に呼ばれたのでございましょう。お怪我となれば、一刻を争いまする。わざわざ城外の奈須玄竹どのを招くなど、貴重なときを失わせるだけ。どうしても奈須玄竹どのでなければならぬというならば、我ら表御番医師に応急の処置をさせて、屋敷へ戻ってからあらためて奈須玄竹どのの治療をお受けになられればよろしかったのでは」

「矢切、忘れてはおらぬか。あの日は彼岸の総登城であったはずだ。寄合医師も登城せねばならぬ」

小普請と違い、名門である寄合は総登城に応じなければならなかった。

「あっ……」

良衛は声をあげた。

その日当番であったため、総登城のことを良衛は忘れていた。

「ゆえに大久保加賀守さまは、奈須玄竹どのを呼ばれたのであろう。奈須家は、堀田家と縁が深い。信頼も厚かった。先代の奈須玄竹どのと堀田筑前守さまの父、故加賀守さまとの逸話を医者ならば知らぬはずはあるまい」

「はい」

大野竜木に言われて、良衛は納得した。

「かつて三代将軍家光《いえみつ》さまのご寵愛《ちょうあい》深く、老中という重責にあられた加賀守さまが、重き病になられた。家光さまは、当代一と言われた名医奈須玄竹どのをお遣わしになり、加賀守さまの治療を命じられたところ、一夜にして好転した。さすがは名医と感心された加賀守さまは、後日千両という薬料を奈須玄竹どのへ払われた」

「お話には聞いたことがございまする」

良衛はうなずいた。

たった一度の治療の礼として千両はあまりに破格であった。当時良衛はまだ幼く、後日父から聞かされたが、あまりの金額に想像さえつかなかったことを覚えていた。

「堀田加賀守さまは、家光さまの死に殉じられたが、それ以降も奈須家とのつきあいは続いているはずだ」

少しだけ大野竜木が難しい顔をした。

「堀田加賀守さまは家光さまのお気に入りでございましたからな」

歳嵩《としかさ》の佐川逸斎が口をはさんだ。

「小身の身から老中まで引きあげていただき、十一万石下総佐倉《さくら》城主になったのだ。殉じなければ、世間が許さぬわな」

大野竜木も同意した。

「でござるな。堀田家は譜代でさえなかった」

「さようでございましたか」

佐川逸斎の口調から、嫉妬《しっと》を良衛は感じ取った。

「堀田家はもと織田信長さまの家臣で、本能寺《ほんのうじ》の変の後豊臣秀吉さまに仕え、秀吉さまの甥《おいこ》小早川秀秋《ばやかわひであき》どのへとつけられた。関ヶ原《せきがはら》の合戦の後小早川家が改易となると浪人し、やがて神君家康さまに拾われ、大坂の陣で手柄を立てて一千石の旗本となった」

「千石とは」

良衛は感心した。徳川の家臣には大きな区別が二つあった。一つは目通りできるかどうかの違いであった。目通りできる者を旗本といい、できないものを御家人と区別するように、この差はかなり大きい。婚姻などの縁組みを始め、まず旗本と御家人は付き合うことがないほどである。次にあるのが、千石をこえるかどうかであった。千石をこえると幕臣のなかでも名門とされ、就ける役職も重要なもの、あるいは将軍の側近くとなり、大名と縁組みすることも多い。良衛と今大路家の娘弥須子の婚姻は、まさに例外中の例外であった。

「それが幸運であったわけではない。堀田家の幸運は、春日局《かすがのつぼね》さまの娘を娶《めと》ったことに始まる」

「春日局さま……」

幕臣ならば誰もが知っている名前であった。

春日局、本名斎藤福《さいとうふく》は、かの本能寺の変を起こした明智光秀《あけちみつひで》の重臣、斎藤内蔵助《くらのすけ》の娘であった。本能寺の変の後、山崎《やまざき》の合戦で敗れた明智家は滅び、斎藤内蔵助も秀吉に捕らえられて殺された。謀叛人の娘として家を失った福は遠縁の公家三条西《さんじようにし》へ引き取られた。のち叔父《おじ》の稲葉重通《しげみち》の養女となり、同族の稲葉美濃守正成《まさなり》の後妻となった。

稲葉福となった春日局は、夫正成との間に四人の男子を産んだ。謀叛人の娘から大名の正室、大出世に見えるが、これは始まりでしかなかった。福が世に出るのは、二人目の息子を産んだ直後、二代将軍秀忠《ひでただ》と正室江与《えよ》の方の間の嫡男竹千代《たけちよ》の乳母に選ばれたことによった。

のち三代将軍家光となる竹千代は、元来大人しく覇気のない性格であったため、父母に疎まれ、あやうく弟の忠長《ただなが》へ三代将軍の座を奪われそうになった。それを乳母となっていた福が救った。悔しさのあまり自害しようとした家光を見た福は、決死の思いで江戸を抜け出し、駿河にいた家康へ直訴した。結果、家康は家光に味方した。

三代将軍就任の最大の功労者となった福を家光は母と呼んで敬愛し、その一族を引きあげた。そのなかに稲葉正成と前妻の間に生まれた娘を妻にしていた堀田家もあった。

春日局は前妻の子供も吾《わ》が子同様に、家光へ推挙したのだ。稲葉家の男子はすべて大名旗本になり、義理の娘が産んだ堀田正盛も家光の小姓に取り立てられた。

なかでも堀田正盛は家光の気に入り、たちまち一万石の大名になると、そののちも若年寄格とされる六人衆、城主格、老中と出世を続け、ついに十一万石佐倉藩主にまで上り詰めた。将軍の寵愛が深かったのは、男色家だった家光の相手を務めたからだとも言われているが、それもそうかと思わせるほどの立身であった。

男同士の繋《つな》がりは、男女のものをはるかに凌駕《りょうが》するほど強いという。家光が死んだ慶安四年（一六五一）四月二十日、堀田正盛はためらうことなく切腹し、その後を慕った。

殉死した者の遺族は丁重に扱われる。命を差し出したのだ。それ以上の忠義はない。殉死した堀田加賀守の遺跡は嫡男の正信がそのまま継いだ。

「堀田家は春日局さまのおかげで立身したわけだ。したがって家光さまへの忠誠は厚い」

「なるほど」

語る佐川逸斎に良衛はうなずいた。

「なれど、それが裏目に出た」

「忠誠が裏目でございまするか」

良衛は首をかしげた。

「家を継いだ正信どのがな、家光さまの跡を継がれた四代将軍家綱さまにお仕えできぬとの不満を爆発させてしまったのだ」

「不満とはなんでございましょう」

「老中になれなかったからだと言われてるな。正信どのは父の跡を継ぐというのは、領地だけでなく役目も引き継ぐとの意味だと考えておられた節がある」

「それは……」

さすがに良衛もあきれた。

たしかに堀田加賀守正盛は家光の寵愛で老中まで上った。しかし、その治世能力は確かなものであった。松平伊豆《いず》守信明《のぶあきら》、世に言う知恵伊豆を差し置いて、幕政参与という大老職に匹敵する地位を与えられたことが、それを実証していた。

いかに深き寵愛に応《こた》えて殉死した者の子供とはいえ、能力がなければ抜擢《ばってき》されるはずなどなかった。だが、堀田正信はその理屈を納得しなかった。

藩主となって九年、万治三年（一六六〇）十月、堀田正信は幕政批判の上申書を提出すると、領国へと戻ってしまった。

無断での帰国は、謀叛ととられてもしかたない重罪であった。皮肉なことに、ここで殉死した父の功績が生きた。死罪を命じられるところを、罪一等を減じ、所領を召しあげられたうえ、信濃《しなの》飯田《いいだ》藩へのお預けとなった。信濃飯田藩主脇坂安政《わきさかやすまさ》は、堀田正信の実弟である。身内に預けられれば、いろいろな便宜も与えられる。幕府の温情であった。

「罪は連座する。堀田正信どのの行動で、本来ならば脇坂どの、堀田筑前守さまも所領を取りあげられるなどの罰を受けるはずだった。それも堀田正盛どのの殉死が助けた。殉死の一族を潰《つぶ》すことはできぬと謹慎だけですんだのだ」

「殉死とは重いものでございますな」

説明してくれた佐川逸斎へ良衛は感心して見せた。

「そうよ。重い。残された者にとってはな。なにせ、命を投げ出すだけの忠誠を親が見せたのだ。子供も同じことを求められるのだ。忠義の厚さをな」

「…………」

良衛は息を呑《の》んだ。

武家にとって忠義はなによりたいせつなものだ。だからといって、殉死をしなければならないわけではなかった。

当たり前だ。

それが慣習、いや義務ともなれば、どれほど強大な大名でも一代で滅びる。当主が死ねば全員そのあとを追って腹を切らなければならないのだから。

「もっとも先夜亡くなった堀田筑前守どのは、殉死した父堀田正盛どの以上の功績をたてた。知っておろう」

わざとか、そうでないのか、佐川逸斎は堀田筑前守が殺されたとは言わなかった。

「はい」

つい四年前のことだ。良衛はまだ御家人であったが、よく覚えていた。

「五代将軍選定の一件でございますな」

「うむ」

佐川逸斎が重々しく首を縦に振った。

延宝八年（一六八〇）五月、徳川家光の長男で、その跡を継いで四代将軍となった家綱は死の床にあった。天下の名医を集めた治療の効もなく、その死は確定していたが、五代将軍を誰にするかでもめていた。家綱には子供がいなかったのだ。

幕閣はそれぞれに推薦する者を出し、紛糾した。家光の子で家綱の弟である綱吉、やはり家綱の弟ですでに死した綱重の子綱豊、御三家の当主など候補者は多かった。

「ここは鎌倉《かまくら》幕府の故事に習うべきだと存ずる」

もめ事を一気に収束させたのは、当時大老として権力を恣《ほしいまま》にしていた酒井雅楽頭忠清であった。

酒井雅楽頭は、京から宮将軍を迎えようと提案した。

「なるほど」

「妙手やも知れませぬな」

老中たちも次々に賛成した。皆、酒井雅楽頭によってその地位へと引きあげられた者であり、逆らうことなどできなかった。

「異議あり。徳川に将軍たる人がないというならば、いざ知らず。上様にはご立派なる弟君がおられまする。綱吉さまを差し置いて、京より将軍を招くなど、筋が通りませぬ」

一人これに反対したのが、一年前老中になったばかりの若い堀田筑前守、当時は備《びっ》中守《ちゅうのかみ》と名乗っていた正俊であった。

「老中末席の分際で、口出しするなど身をわきまえよ」

酒井雅楽頭の叱責にも堀田備中守は屈しなかった。

堀田備中守の主張は正論であった。いかに大老の権威であろうとも、京から宮将軍を迎えるという奇手は、家綱の弟という血筋の前には弱かった。

だが、酒井雅楽頭も折れなかった。

御用部屋は二人の言い争いの場となり、さすがに見かねた他の老中たちが間に入って収めなければならないほどであった。

「雅楽頭さま。一夜お休みになられましょう。明日《あした》には、決まっておりましょう。備中守どの。しばし頭を冷やし、もう一度お考えなされ」

老中たちは、堀田備中守の意見を変えさせるために、一夜説得のときを得ようとした。

「だの。若い者はすぐに頭に血がのぼる。さめて後悔するものだ。それをまた教え諭すのも、先達の務め」

酒井雅楽頭が認め、その日は散会となった。

先達たちが帰るまで、残っているのが新任の仕事であった。最後まで御用部屋に残った堀田備中守は、使者を出し館林《たてばやし》藩主であった綱吉を城中へ密《ひそ》かに呼び出した。そのうえで、病床の家綱へ強いて目通りを願い、徳川の血筋を守るためとして綱吉を世継ぎとするように迫った。

死病で起きるだけの気力もなかった家綱は、血相を変えた堀田備中守の勢いに負け、それを了承した。

すかさず堀田備中守は、呼び出しておいた綱吉を将軍家御座の間へ招きいれ、家綱と対面させた。こうして夜の間に、五代将軍は綱吉と決まった。

翌日、登城してきて委細を知った酒井雅楽頭は激怒したが、すでに家綱の裁可もおりているのだ。いまさらどうしようもなかった。

即日綱吉は神田館を出て、江戸城西の丸へ入り、家綱の死を受けて五代将軍となった。

この功績をもって堀田家はさらなる昇進を遂げ、大老にまで上った。

「堀田筑前守さまが、上様の御信任厚かったのも当然であろう」

佐川逸斎が締めくくった。

「その堀田筑前守さまに異変があり、すぐ側に出入りしている医師がいる。奈須玄竹どのが、呼ばれたのもおかしくはあるまい」

「ご説のとおりでございますな」

納得した体で、良衛は引き下がった。

第四章　患家の裏

一

表御番医師は城中での万一に備えている。つまりはなにもなければ、一日を無為に過ごすことになった。

医師も眼科と口中科以外は、複数が当番として在している。今日の当番の外道は良衛と佐川逸斎の二人であった。

「少しお願いいたしてよろしいか」

昼餉《ひるげ》を終えた良衛は、佐川逸斎へ声をかけた。

「どうした」

「大目付松平対馬守さまのご様子をうかがいに」

問われた良衛は告げた。

「ご機嫌を取るか」

「…………」

わざと良衛は言葉にせず、苦笑を浮かべた。

松平対馬守が騒ぐ原因について、良衛は佐川逸斎へ教えてあった。

「一応、気を遣っているということをお見せするため、湿布薬をお渡ししようかと思いまして」

「ふむ。応急対応しかせぬ表御番医師が薬を届ける。妙手かも知れぬ。湿布薬は」

「先ほど作成いたしておきました」

良衛は述べた。

基本として表御番医師は、継続診療をおこなわないが、念のため医師溜《だまり》にはかなりの漢方薬が常備されていた。

良衛はそこから唐辛子を干したものを薬研《やげん》ですりつぶし、小さな紙袋にわけておいた。

「よかろう。なにかあれば、儂《わし》がしておく」

佐川逸斎が外出を認めた。

大目付は、その職責から当番の日は、城中を巡回していた。大名たちの行動を見張り、場合によっては咎《とが》めるためであった。

「大目付松平対馬守さまをご覧になられなかったか」

お城坊主に良衛は訊《き》いた。

「これは、矢切さま」

振り向いたお城坊主は、顔見知りの数木鉄庵であった。

お城坊主は皆、黒の小袖《こそで》に茶の紋入り羽織を身につけている。後ろから誰かを判断するのは難しかった。

「鉄庵どのか。松平対馬守さまを見なかったかの」

もう一度、良衛は問うた。

「あいにく、本日はこちらでお姿を見ておりませぬが」

鉄庵が首を振った。

「昼を過ぎましたゆえ、お玄関あたりにおられるのではございませぬか。お捜ししてまいりましょうや」

「いや、いい」

良衛は断った。お城坊主を使えば白扇を渡さなければならなくなる。二百俵の禄《ろく》ではそうそうお城坊主を使えるほど裕福ではなかった。

「さようでございますか」

あっさりと鉄庵が引いた。

「助かった」

一応教えてもらったことに礼を言って、良衛は玄関を目指した。

総登城の日でなくとも、大名はいる。家柄によって登城する日が決まっている者もいれば、形だけの役付という者もいた。それらは、昼餉のすんだ八つ（午後二時ごろ）から適宜下城していく。その様子を大目付は見張った。

「お先にごめん」

大目付松平対馬守を見つけた大名たちは、一礼して玄関から退出していく。

「うむ」

大仰にうなずいた松平対馬守が、大名を見送る。江戸城としては、日常の風景であった。

「対馬守さま」

良衛は松平対馬守へ声をかけた。

「誰じゃ……おおっ。医師か」

松平対馬守が良衛の顔を見てうなずいた。

「なんだ」

「少しよろしいか」

「……ふむ。まあ、よかろう」

少しだけ考えた松平対馬守が首肯した。

玄関脇で立ち話をするわけにもいかなかった。二人は畳廊下隅へと移動した。

「お腰の具合はいかがで」

「お陰で少しはましだが、夜になると辛《つら》い」

松平対馬守が顔をゆがめた。

「まあ、癖になっておりますから、いきなり快癒は難しいでしょうな」

言いながら、良衛は湿布薬を取り出した。

「これを」

「……薬か」

受け取った松平対馬守が尋ねた。

「貼り薬でございまする。飲んでも効きませぬぞ」

良衛が使いかたを説明した。

「芥子《からし》に米の粉を混ぜてござる。水を加えて練ってから、柔らかい紙の一面だけに塗っていただき、患部へ貼ってお使いくだされ。患部を温めて痛みを和らげまする。ただし、皮膚に刺激がございますゆえ、少しでも痛みを感じたら剝《は》がし、よく洗ってくださいますよう。また、何ともなくとも半日以上お使い続けになられてはいけませぬ」

「寝ているときはどうじゃ」

「お避け願いまする。人は寝ていると多少の痛みを感じませぬ。薬で荒れたと気づかず、朝起きたときには真っ赤となりかねませぬゆえ」

「そこまで鈍くはないぞ」

松平対馬守が否定した。

「医師の処方にお従いいただきますよう」

「わかった。遠慮無くいただく」

「どうせ使いもせず、傷んでいくだけの薬を流用しただけでございますから」

礼を言う松平対馬守へ良衛は首を振った。継続しての治療をしない医師溜の薬は、そのほとんどが、日限過ぎを理由に廃棄されていた。

「しかし、ご任に忠実であられるな。他の大目付さまを玄関で見ることなどございませぬのに」

良衛は感心した。

旗本の顕官、大監察などと言われているが、そのじつ大目付は閑職であった。それは徳川の天下が泰平な証拠でもあった。大名目付が動くような謀叛《むほん》や反抗を考える者などもういないのだ。

徳川に比肩する実力を持っていた外様《とざま》の雄藩も、将軍の娘との縁組みなどで一門となるか、あるいはいろいろ無理難題を吹きかけられて財力を使われ骨抜きにされていた。

今の大目付は、仕事もなく江戸城をぶらつくだけの形骸《けいがい》となっていた。それでいいのだ。隠居前の旗本たちにとっては、名誉さえあればそれでよく、不満を漏らす者もいなかった。

そんななかで松平対馬守だけは、熱心であった。

「徳川へ逆らおうとする者を取り締まるのが大目付である。当然のことをしているだけじゃ」

松平対馬守が、胸を張った。

「ご立派なことでございまする」

すなおに良衛は感心した。

「まったく誰も気づいておらぬのが嘆かわしい」

大きく松平対馬守が嘆息した。

「なににでございましょう」

「先日の刃傷を知っておろう」

「噂ていどですが」

良衛はうなずいた。

「石見守がどうなったか……ただの乱心で終わってしまったのだ」

「乱心でございますか」

「そうだ。石見守が乱心して、ご大老堀田筑前守さまへ斬りかかった。医師としておかしいと思わぬか」

松平対馬守が良衛を見た。

「医師として……」

言われて良衛は思案した。

「……乱心……」

その字のとおり、乱心とは心が乱れ、常軌を逸することだ。

「乱心者が、御用部屋まで行き、御用部屋坊主に頼んで、ご大老さまを呼び出したりすると思うか」

「あっ」

良衛は、目が開いた気がした。

「普通ならば、ご大老さまの前に他の者を襲っておろう。百歩譲ったとしても、呼びだしを待つようなまねはすまい。御用部屋は別段警固されているわけではない。せいぜい取次のために御用部屋坊主が二人ほど待機しているだけ。別段、呼ばずとも押し入ればすむ。襖《ふすま》一枚だけなのだからな」

「たしかに。そのほうが乱心として納得いきまする」

大きく良衛は同意を表明した。

「もっとも乱心とせねば、一門に累が及ぶ」

江戸城での刃傷は重罪である。とくに大老を殺したとなれば、将軍へ刃物を向けたと同じほどの咎《とが》を受ける。生きていれば本人は死罪、嫡男は切腹、その他の一門は流罪を命じられた。しかし、乱心となれば、罪は連座しない。

「それは武士の情けではある。なれど、それで終わっていいものではないぞ。ご大老といえば、上様のご信任をもって、幕府の全権を委託されるお方だ。そのご大老を害したというに、なんの調べもなく、乱心の一言ですませてしまってよいはずはない」

「お調べはなし……」

「そうだ。あまりと思い、儂《わし》も上申した。が、だめであった」

悔しげに松平対馬守が言った。

「稲葉石見守は乱心と決まった。それ以上の調べが不要だそうだ」

「臭いものに蓋《ふた》」

一つまちがえれば、執政批判ととられてもしかたないことを、思わず良衛は口にしてしまった。

「……聞かなかったこととする」

松平対馬守が小声で咎めた。

「若年寄が大老を討つ。これだけのことが乱心で終わっていいはずはない。だが、政を考えれば乱心で終わらさねばならぬ」

苦い顔で松平対馬守が述べた。

「………」

無言で良衛は賛意を表した。

乱心としてしまえば、一件は片付く。かかわった相手が相手である。もし、いろいろと探りを入れて、裏の事情があるとわかれば、幕府の屋台骨にひびが入りかねない。

「大目付として、無念である」

「ご心中お察しいたしまする」

良衛は慰めた。

「……対馬守さま。じつはわたくしも気になることが……」

一瞬ためらった良衛だったが、話を続けた。

「奈須玄竹どのが呼ばれたと……」

良衛は疑問を語った。

「うううむう」

松平対馬守がうなった。

「このことを誰かに話したか」

「医師溜《だまり》で噂になっておりますが」

淡々と良衛はごまかした。

「…………」

疑念に満ちた目つきで、松平対馬守が良衛を窺《うかが》った。

「まあいい」

松平対馬守が表情を緩めた。

「そなた名前は」

「表御番医師矢切良衛でございまする」

前にも言ったとの文句を口にせず、三度目の名乗りを良衛は告げた。

「このこと口外無用。もし、なにか新しいことを知ったならば、儂にだけ報《しら》せよ。あと、お城ではもう近づくな。医師と大目付では目立つ」

たしかに禿頭《とくとう》の良衛は、他人目《ひとめ》を引いた。その医師と大目付が密談していては、すぐに気づかれてしまう。

「屋敷まで来い。目白台《めじろだい》だ」

「ですが、わたくしは探索方ではございませぬ」

良衛は断った。

「いまさら何を言うか。気になればこそ、儂のもとへ薬を届けるという理由で近づいたのであろう」

「………」

図星であった。

良衛は、どうして奈須玄竹が呼ばれたのか不思議でしかたがなかった。先代の奈須玄竹は名医として天下に響いていた。しかし、それでも本道医であり、外道は専門外であった。まして、その二代目は医術の腕についての評判さえ聞いていない。えてして名人の子は親ほどでないことが多い。今大路家がその証拠であった。

良衛のなかに、典薬頭である今大路家から、医師の技量を認められて娘婿に選ばれたという自負があった。口に出してはいわないが、あの日江戸城にいた外道医のなかでは、もっとも優れた腕のはずである。

また戦場での金創医として代々矢切家は続いてきた。刀傷の対応でも決して引けを取らないだけの自信も持っている。

つまりは気に入らないのだ。堀田筑前守の傷を任せてもらえなかったことが悔しいから、その理由を探している。納得できるだけのものを得たいだけであった。

「待っておるぞ」

そう言うと松平対馬守は、さっさと玄関脇へと戻っていった。

「……どうしろと」

残された良衛は独りごちた。

二

大目付は表御番医師と違い、宿直勤務をしない。暮れ六つ前、さっさと松平対馬守は下城していった。

翌日、一昼夜の宿直をこなした良衛は、三造の出迎えを受けて屋敷へ戻った。

「なにもなかったか」

いつもの問いを発した良衛へ、期待していなかった答が返された。

「……昨夜、みょうなことが」

三造が少しだけ躊躇《ちゅうちょ》しながら、話し始めた。

「屋敷の勝手戸に開けられたような跡がございました」

「なんだと。弥須子と一弥には」

良衛はあわてた。

「大丈夫でございまする。なにごともございませぬ」

安心しろと三造が述べた。

「被害は」

「それが勝手口の閂《かんぬき》だけが壊されておりまして」

「閂だけで、屋敷にはなんともなかったと」

「はい」

「この話、弥須子には」

「申しあげておりませぬ」

問われた三造が首を振った。

「わかった。帰ってから見る」

「お手数をおかけいたしまする」

三造が願った。

屋敷についた良衛は、まず弥須子のもとへ顔を出した。

「今戻った」

「おかえりなさいませ」

「なにもなかったか」

「……はい」

いつもより緊迫した声で訊《き》く良衛に、いぶかしそうな顔をしながら弥須子がうなずいた。

「そうか。まず朝餉《あさげ》の用意を頼む。風呂《ふろ》は後でいい」

弥須子へ告げて、良衛は勝手口へと向かった。

大名屋敷と違い、御家人の屋敷の勝手口は、壁をくりぬいたところへ板戸一枚がはめこまれているだけであった。

「ここで」

三造が指さした。

「閂が折れて……いや、斬られている」

良衛は息をのんだ。

矢切家の勝手口は、一寸ほどの太さの木を横に渡すことで閂代わりにしていた。それほどたいしたものではないので、体当たりをしても壊れるほど弱いが、折れていたのではなかった。

「警告……」

思いあたることは先夜の堀田家上屋敷襲撃しかなかった。

「跡をつけられていたのか」

「なにか」

呟《つぶや》いた良衛へ三造が問うた。

「いや、なんでもない」

良衛はごまかした。

「盗人が戸の隙間から鋸《のこぎり》でも入れて切り落としたのだろう。しかし、開けるのに手間取って、何も盗《と》らずに逃げたと」

「…………」

三造が無言で良衛を見上げた。

矢切家で三十年以上奉公した三造である。剣術を遣えるわけではないが、毎朝良衛の稽古《けいこ》を見てきただけに、刀で斬ったものか、鋸で切ったものかくらいは見分けられる。

「…………」

良衛は目を逸《そ》らした。

「どういたしましょうか」

三造が問うた。

「大工を呼ぶといい。少し丈夫にしてもらえ」

指示を良衛は出し、踵《きびす》を返した。

一日の診療を終えた良衛は、夕刻屋敷を出た。

「このような刻限にどちらへ」

往診もすんでいる。なにより薬箱を持たずに良衛は出かけようとしたのだ。弥須子が不審に思うのも当然だった。

「人と会ってくるだけだ」

「どなたさまと」

弥須子が重ねて訊いた。

「お名前を出すわけにはいかぬ」

松平対馬守の名前を口にはできなかった。大目付と表御番医師ではかかわりがなさ過ぎる。なぜ会わねばならないのかと、より疑問を生むことになる。

「まさか……」

目つきを弥須子が鋭くした。

「そなたの思うようなことはない」

良衛は否定した。

「ならば、どなたとお会いになられるか、お話しになれましょう」

弥須子が迫った。

「医者には守らねばならぬことがある。それくらい今大路の血を引くそなたならば、わかっておろう」

「…………」

医科の名門、今大路家の娘であるというのが矜持《きょうじ》の弥須子は、その名前を出されると弱い。夫婦となってすぐに良衛はそのことに気づき、言い争いになるたびに利用していた。

「ですが、両刀を帯びられるなど、なかったこと」

良衛は太刀を腰に差していた。

「ないと落ち着かぬのだ。侍の習性である」

みょうな理屈で良衛は逃げた。

「安心しろ。吾《われ》はそなた以外の女に手を出すつもりはない」

なだめるように良衛は、弥須子の肩に触れた。

「本当でございますな」

「何年側におるのだ。吾にそのようなまねができるかどうか、わかっておろう」

良衛にとって弥須子は、上司の娘なのだ。その機嫌を損じるとどれだけ己に不利になるか、重々承知していた。

「では、行って参る。休まずに待っておれ」

「……はい」

夜の約束を口にした良衛に、弥須子が頬を染めて首肯した。

大目付は暮れ六つにならないと屋敷へ帰ってこない。目白台の松平家へ着いた良衛は、客間で待たされた。

「来たか」

暮れ六つの鐘を聞いてしばらくして、松平対馬守が帰邸した。

「なにかあったな」

良衛の雰囲気の変化を松平対馬守がとらえた。

「…………」

「ここまで来て、なにをためらう。大目付という役目は飾りになっておるが、その気になれば、老中でも弾劾できるのだぞ」

松平対馬守が言った。

「権と剣が、なぜ同じ音《おん》なのか考えたことはあるか」

話を松平対馬守が変えた。

「……いえ」

初めて聞くと良衛は首をかしげた。

「ともに不要なときは、仕舞っておくべきだからだ」

「はあ」

「そして、急迫のときにはためらわずに抜き、遠慮なく振るう。どうだ、剣と権は同じであろう。大目付こそ、権なのだ」

松平対馬守が述べた。

「安心して申せ」

「…………」

一度大きく良衛は息を吸った。

「じつは吾が屋敷の勝手口が壊されておりました」

「鼠賊《そぞく》の仕業ではないと」

「賊ごときに、一寸の樫《かし》を両断する腕はございますまい」

「たしかにの」

同意した松平対馬守が、良衛を見つめた。

「そして、それに思いあたることがある」

「はい」

良衛は認めた。

「言え」

「ご保証をいただけまするか。なにがあっても吾が家に累を及ぼさぬと」

「できるわけなかろう。どうなるかわからぬのだ」

あきれた口調で松平対馬守が言った。

「ただ、儂《わし》にできるだけの庇護《ひご》はくれてやる」

「……わかりましてございまする」

それ以上を望んでも無駄と良衛は理解した。

「一昨夜のことでございまする」

大手前の堀田家屋敷が襲われ、その場にいたことを良衛は語った。

「そのようなことがあったのか。しかし、大手門警衛の書院番からはなんの報告もあがってはおらぬ」

聞き終わった松平対馬守が首をひねった。

「襲うほうは目立つわけにはいきませぬし、堀田家では当主にあのようなことがあり、遠慮している最中でございまする。騒ぎたてるわけには参りますまい」

「たしかにの、だが、多少は気配がしたであろう。大手門と堀田家の屋敷は目と鼻の先だぞ。書院番士どもめ、酒を持ちこんだな」

松平対馬守が苦い顔をした。

泰平になれると堕落する。さすがに医師溜《だまり》ではないが、江戸城での宿直のおり、薬と称して酒を持ちこむことがひそかに流行《はや》っていた。

「何人斬った」

「……三人」

人を斬ったことを隠していた良衛だったが、松平対馬守に見抜かれていた。

「ほう」

松平対馬守が感嘆した。

「医師とは思えぬ腕じゃな」

「矢切家は、もと御家人でございますれば」

「剣の修業も積んだと」

「医術ほどではございませぬが」

良衛は一言付け加えた。

「おぬしの医師としての腕は信じておる」

腰を触りながら松平対馬守が言った。

「かたじけのうございまする」

医者にとって患者からの信頼ほどうれしいものはなかった。

「しかし、堀田家が襲われたか。襲《あか》った者の特徴は」

「普通でございました。ただ身元を証すようなものは、いっさい持っておりませなんだ。衣類に紋もなかったように覚えておりまする」

「言葉遣いはどうであった。訛《なまり》などはどうじゃ」

「……当たり前のものであったかと。訛もそれらしいのは感じませぬでした」

思い出しながら良衛は答えた。

「手証はなしか、おぬしが倒した曲者《くせもの》の死体はどうなった」

「堀田家で始末したのではございませぬか。かかわりを避けられましたゆえ、すぐに出ましたので」

良衛は苦笑した。

「ふん。堀田家には襲われるだけの心当たりがあるというわけだの。でなくば、手助けしてくれたおぬしを忌避せずともよい。いや、丁重にあつかってしかるべしだ。なにかあったときの証人となってくれるからな」

「なにか……」

「喧嘩《けんか》両成敗とされてはたまるまい。狼藉《ろうぜき》者ならば、喧嘩にならぬからな」

「なるほど」

松平対馬守の言い分に良衛はうなずいた。

「あまり遅くなってもいかぬな。医者に門限はないとはいえ、不審を招くのはよくなかろう」

「では、これにて」

帰れという意味だととって、良衛は立ちあがった。

「腰が痛いので見送らぬぞ」

座ったまま松平対馬守が手を振った。

「かわいそうだが……」

良衛を見送って、一人になった松平対馬守が辛《つら》そうな表情をした。

「かかわってはならぬものに触れてしまったの」

松平対馬守がつぶやいた。

「せめて家督だけは無事に継がせてやらぬとな。たしか息子がいたはずだ。まだ幼いが、元服するまで、今大路家に後見させればよい」

冷静に松平対馬守が独りごちた。

三

目白台の松平家を出たときには、すでに日は落ちていた。

「町木戸を開けてもらわねばならぬな。面倒だ」

後ろで松平家の門が閉められる音を聞きながら、良衛は嘆息した。

江戸は天下の城下町である。将軍家のお膝元《ひざもと》なのだ。その城下が不穏では、将軍の権威にかかわる。そこで江戸の町は、地方の城下町と違って厳しい規制を設けていた。

その一つが町木戸であった。町内が変わるごとに作られた町木戸は、暮れ六つの鐘とともに閉められ、翌朝の明け六つまで出入りが禁じられた。

もちろん、通れないわけではなかった。やむを得ない事情というのは誰にでもある。

ただ、そのときは木戸の横にある木戸番小屋へ声をかけ、木戸脇の潜り戸を開けてもらわなければならなかった。

木戸番にしてみれば、迷惑な話なのだ。一応、町の安寧を守る役目ということで、一晩中灯りをつけるだけの油を支給されるとはいえ、寝ずの番ではない。日が落ちて、人の出入りもなくなれば、眠気が襲うのは常である。うとうとしたり、あるいは夜具にくるまったりしているところを起こされて機嫌のいいわけはなかった。うっとうしそうな顔をされたり、嫌みを言われたりするのは覚悟しなければならなかった。

「薬箱を持ってくればよかったな」

いかに面倒くさがりの木戸番でも、医者だけは別であった。真夜中に叩《たた》き起こしても、坊主頭で薬箱を手にしていれば、急いで潜り戸を開けてくれる。しかし、今日は薬箱を良衛は置いてきていた。

「遅くなることはわかっていたのに。やはり気がうわずっていたか」

戦いの場が己の屋敷となる。家族が巻きこまれる。その恐怖に良衛は囚《とら》われてしまっていた。

「情けない」

小さく首を振りながら、良衛は歩いた。

町民たちは木戸が閉まっても、出歩けないわけではなかった。しかし、武家は違った。門限は厳密であった。そのため、高禄《こうろく》旗本の屋敷がひしめく目白台は、日が落ちると人通りは皆無となった。

急いで歩いていた良衛が足を止めた。

「つけてきているのはわかっている。そろそろ出てきたらどうか」

良衛は振り向いた。

「……ほう。よく気づいたな」

ゆっくりと人影が近づいてきた。

「あの騒動のあと、跡をつけてきたほどの人物が、今日を見逃すとは思えまい」

「そうだな。だが、屋敷で待ち伏せしているかも知れなかったのだぞ」

人影は先夜の頭領であった。

「そのときは、江戸の闇に拙者の独り言が吸われただけだ。他人に見られたら恥ずかしいが、まず大丈夫だろう」

良衛は苦笑した。

「さいわい、恥を掻《か》かずにすんだな」

松平対馬守との対話で、良衛は落ち着いていた。

「いつから気づいていた」

「屋敷を出たときからだ」

問われた良衛は答えた。

「わざと大目付の屋敷まで連れてきたか」

頭領が目を大きくした。

「一人で勝てるとは思っておらぬからな」

良衛は述べた。

「その割に一人のようだが」

わざと頭領が後ろを見た。

「甘くなかったということだな」

大目付の援助がないことを良衛も認めた。

「ただ、先夜の話はした。すべて包み隠さずな。拙者に万一があれば、話が真実だとの証明になる」

「それがどうした。我らの正体はわかるまい」

「推察はついているような感じだったな」

「……推察ならばどうしようもないわ」

頭領が笑った。

「そうか。推察では動けないほどの家柄と言うことか。ご家門だな」

「なっ……」

良衛の言葉に頭領が驚愕《きようがく》した。

「きさま……」

罠《わな》にかけられたと知った頭領が怒った。

「生かして帰さぬ」

「姿を見せた段階でそのつもりであったろうに」

あきれながら良衛は雪駄を脱いだ。

「顔を見られたら終わりであろう。江戸に何万の人がいるかは知らぬが、偶然出会うこともある。見逃すつもりなどあの夜からなかったはずだ」

勝手口の閂《かんぬき》を斬られたと知ったとき、良衛は気づいた。

「医者のくせに、要らぬことをするからだ。おい」

憎らしげに良衛を睨《にら》み、頭領が合図した。さらに人影が増えた。

「四人か」

良衛は確認した。

「逃がすな。確実に仕留めろ」

頭領が告げた。

さっと刺客たちが散り、良衛を取り囲んだ。

「…………」

良衛は無言で太刀を抜いた。

御家人は、いざというとき徳川の当主の命に応じて戦うためにある。だが、それも泰平が続き、戦いを知っている世代がいなくなることで、形だけのものになっていく。御家人という戦う者が、ただ子々孫々へ禄《ろく》を受け継ぐだけへと落ちるのだ。真剣を自在に扱っていたのが、その輝きを見るだけで身をすくめてしまう。なれど、それこそ平穏なのだ。

矢切家は代々、戦場をかける端武者であり、金創医であった。ゆえに真剣を扱うことを家訓としていた。

「……やはりできるな。何流だ」

眼を細めた頭領が問うた。

「…………」

言葉は気を散らす。良衛は応えなかった。

「教える気はないか。先夜見損ねたおまえの太刀筋、今宵はこの目で確かめてやろう」

頭領も太刀を抜いた。

「油断するな。こやつが五輪らを倒した」

「医者でござろう。五輪もなさけない」

注意を喚起する頭領に、若い刺客が鼻先で笑った。

「このような輩《やから》、拙者だけで十分」

若い刺客が太刀を青眼に構えて、するすると間合いを詰めた。

「……………」

頭領は黙って見守った。

「人を斬るのは初めてだが、たいしたことではなさそうだ」

太刀を振りあげて若い刺客が力一杯斬りかかった。

「わっ」

重い真剣の勢いに振られた若い刺客が、体勢を崩した。

「……馬鹿が」

気合い代わりにののしって、良衛は蹴《け》り飛ばした。

戦場は槍《やり》と剣だけではなかった。それこそ接近しすぎて、長い得物が使えず、殴ったり摑《つか》んだり、投げ飛ばしたりすることも多々あった。嚙《か》みつくことさえあるのだ。

良衛は父から蹴り技や拳《こぶし》撃ちも教えられていた。

「ぐへっ」

腹をまともに蹴られた若い刺客が、後ろへと飛び、激しく嘔吐《おうと》した。

「戦場剣術か」

ちらと若い刺客に目をやって、頭領が言った。

「…………」

やはり無言で良衛は警戒を強めた。

「見たな」

頭領が残った配下たちに話しかけた。

「真剣は思っているよりも扱いにくい。そして敵は容赦をしない」

「配下を試しに使ったのか」

思わず良衛は口を開いた。

「戦の前に物見をだす。これは常道であろう」

悪びれずに頭領が返した。

いたましい顔で良衛は若い刺客を見た。足には確実に胃の腑《ふ》を破った感触があった。腹を蹴られた若い刺客が血を吐いているのが、その証拠であった。

胃の腑を破られれば、食べたものが腹腔《ふっくう》を侵し、高熱を発して死ぬ。

「やあぁ」

目が離れたのを隙と見た別の刺客が飛びかかってきた。

「……おう」

良衛は応じた。

上段から落とされる太刀を良衛は冷静に見て、半歩退《ひ》くことで空を斬らせた。

「なんの」

今度の刺客は太刀の勢いを理解していた。地を撃つ前に太刀を止め、そのまま突き出してきた。

「ふん」

斬り損じはあっても、突き損じはないという。しかし、太刀の筋が見えていれば、動きがまっすぐなだけに対応しやすい。良衛は太刀の峰で突きを受け流した。

「あっっ」

体重をのせた突きの流れを狂わされた刺客の脇が空いた。

「せいっ」

良衛は見逃さなかった。小さな動きで太刀を刺客の脇へと滑りこませた。

「えっ」

刺客の脇から大量の血が噴出した。

脇の下には大きな血の管が走っている。と同時に、腕を動かしている神経もあった。

「手、手が落ちる」

太刀を握っていた右手がだらりとさがった。

「戦場剣術だといっただろうが」

若い刺客のときと違って、頭領が腹立たしげに言った。

「鎧《よろい》外れを狙うくらいのこと気づかぬか」

頭領が怒った。

鎧外れとは、鎧の隙間のことである。全身のほとんどを覆い、太刀などから身を守ってくれる鎧だが、すべての部分が密着してしまえば、動けなくなる。守れても戦えない。戦場で遣う鎧がそれでは困る。そこで、鎧は脇や脇腹、肘《ひじ》、手首、膝《ひざ》など、主として関節の付近をわざと覆っていない。

良衛はそこを突いた。

「瞬く間に二人か。見事だが、おかげでそちらの太刀筋はわかった。榊原《さかきばら》」

「おう」

じっと立っていた壮年の刺客が、頭領の呼びかけに応じた。

「仕留めろ」

「承知」

榊原が首肯した。

「…………」

無駄口をきかない榊原を、良衛は警戒した。

人は不安をまぎらわせるためにしゃべる。

歩くように榊原が間合いを詰めてきた。

「……はあっ」

初めて良衛は自ら動いた。踏みこみながら、太刀を榊原の頭へとぶつけた。峰を返すことも忘れていない。

頭蓋骨《ずがいこつ》は丸い。その上に薄い肉が載り、皮で包まれてる。皮も動けば肉もずれる。このようなものは斬りにくい。刃が滑るのだ。皮は切れても致命傷を与えるのはなかなか難しい。まして、戦場では兜《かぶと》で守られているのだ。刀など通用しない。だが、頭ほど衝撃に弱いものはなかった。強く打たれれば、骨がへこみ、なかにある脳を圧迫する。そこまでいかなくとも、脳へ強い衝撃を与えれば、腰を抜かせたり、気を失わせたりできる。

良衛は太刀を刃物としてではなく、鉄の棒として扱った。

「なんの」

榊原が防いだ。

鉄と鉄がぶつかり、闇に火花が散った。

太刀は鉄の塊である。神工鬼作とまで言われ、剃刀《かみそり》に優《まさ》る切れ味を誇る太刀の特徴は、極限までに研ぎ澄まされた刃にあった。刃は研ぎ澄ますと薄くなる。日本刀の刃は撃ち合えば欠けた。

「あつっ」

撃ち合った太刀から出た火の粉を浴びた榊原が苦鳴をあげて、後ろへ下がった。

「こいつ」

すぐに榊原が突っこんできた。

「おうよ」

良衛はたたきつけられた一撃を、ふたたび太刀の峰で打ち払った。

「えっ」

甲高い音がして榊原の太刀が折れた。鉄の棒に近い峰と薄い刃では、刃が負ける。一度目で欠けた刃にもう一度衝撃がくわわったため、太刀が耐えかねた。

「えっ。えっ」

見事に半分になった太刀を見た榊原が惑乱した。

「…………」

無言で良衛は榊原の右脇腹へ太刀を刺した。

「……冷たい」

榊原が己の腹を見た。

「は、腹に……あっあああ……」

右脇腹には人体最大の臓器、肝の臓があった。肝の臓は痛みを感じないが、急所である。苦鳴をあげた榊原だったが、すぐに白目を剝《む》いて失神した。

「……遠慮ないな」

頭領が息をのんだ。

「数を頼みに襲い来たやつには、言われたくないな」

三人を斬って気が昂《たか》ぶった良衛は、言い返した。

「さて、残るはおまえだけだ」

良衛は榊原から抜いたばかりの太刀に血をつけたまま、頭領へと向けた。

「…………」

頭領も太刀を構えた。

二人の間合いは五間（約九メートル）あった。とても太刀は届かない。少なくとも二間を切らないと、戦いは始まらない。

良衛は、慎重に足を進めた。しかし、頭領は応じず、足場を固めていた。

立て続けに三人を屠《ほふ》ったが、良衛に勝利の喜びはなかった。

人の生き死にに立ち会った回数は多い良衛だったが、自らの手で、その意思で、命を断ったことはなかった。

前回三人を斬った衝撃は、まだ良衛のなかで昇華されていなかった。人の命を救うのが医師の仕事である。その医師が命を断つ。良衛の心中は大きく波立ったままであった。

間合いが三間半（約六・三メートル）になった。

「やああ」

不意に頭領が気合いを発した。

「おおう」

良衛は受けた。気合いをぶつけられたなら、応じなければならなかった。格があきらかに違えば、黙殺できる。だが、それを見抜くだけの余裕を良衛は持っていなかった。

受けに回った良衛は、頭領の攻めを待つため、足を止めて腰を落とした。

「…………」

無言で頭領が踵《きびす》を返して、走り出した。

「……なにっ」

予想外の行動に、良衛は間の抜けた声を出した。

「逃げた。仲間の遺体を残して」

良衛は追う気もそがれた。

「一体、なんなんだ。あいつは」

あっという間に、頭領の姿は闇へ紛れた。一人残された良衛はあきれた。

「ふううう」

ため息を吐いた良衛は、転がっている遺体を見た。

「このままにしておけぬか」

血刀を持ったまま、良衛は今来た道をとって返した。


「生きていたか」

ふたたび訪れた良衛を松平対馬守は、驚きもせずに待っていた。

「刀は預かる。そのまま鞘《さや》に納めれば、たちまち錆《さ》びて使いものにならなくなる。心配するな、余の差し替えを貸してやる」

良衛が握ったままの太刀を、松平対馬守が引きはがすようにして取りあげた。

「やはり付けられていることをご存じでしたか」

非難の籠《こ》もった目で良衛は松平対馬守を睨《にら》んだ。

「わかっていて尾行を引き連れてきたおぬしに言われたくはないな」

松平対馬守の口調が少し柔らかくなった。

「話せ」

「屋敷を出て……」

促された良衛ができごとを告げた。

「三人もか。剣の流派を訊《き》かなかったが、かなりの腕だの。免許か」

「道場にはかよったことなどございません。よって、切り紙や免許などを許されたわけではありませぬ」

良衛は否定した。

「どこで習った」

「祖父と父から教えられましてございまする」

隠すことでもないと、良衛は答えた。

「祖父どのは、どこで剣を学ばれた」

大目付という職分がそうさせるのか、松平対馬守が重ねて問うた。

「戦場だと聞いておりますが」

「実戦経験か。それにしても刃こぼれもない。わずかに峰に傷があるが」

疑惑の眼差《まなざ》しを松平対馬守が向けた。

「矢切家は代々外道を得手としておりまする。戦場で傷を見る。槍《やり》傷、刀傷、矢傷を治すには、人の身体を熟知しておらねばなりませぬ。どこに骨があり、太い血の管はどういうふうに、走っているのか」

「なるほどの。人体の急所を的確に狙うか。一刀一殺。おそろしいな」

松平対馬守が少し引いた。

「まあよいわ。おい。死体を引き取ってこい」

一人納得した松平対馬守が、家臣へ命じた。

「後始末をお願いしてもよろしゅうございますな」

良衛は喰《く》えない松平対馬守への敬意を薄くした。

「それをさせるために、戻ってきたのであろう。人を斬っては無事ですまぬ。なにせ死体ほど隠しにくいものはないからの」

「死体から身元を探られるおつもりでしょうに」

恩を着せようとする松平対馬守へ良衛は頬をゆがめて見せた。

「なかなかやるな」

言葉を返してきた良衛へ松平対馬守が感心した。

「名家の方への対処は、経験しておりますゆえ。一つ引けば、三つ食いこまれる思いをすれば、用心深くもなりまする」

良衛が嘆息した。

「今大路兵部大輔《だゆう》どのだの。やれ、鍛えられていたか」

松平対馬守が苦笑した。

「では、これにて」

「待て。そのまま帰る気か。せめて返り血を落としていけ。あと、夕餉《ゆうげ》くらいは出してやる」

「ありがとうございまする。湯はいただきまするが、食事は」

良衛は首を振った。人を斬った感触が手に、噴き出した血の臭いが鼻に残っていた。今、ものを喰えば、まちがいなく吐くとの自信が良衛にはあった。

「情けないの。戦場剣術を学んだのであろう。乱世では、血と臓物にまみれた手で干し米を喰らったというぞ」

「今は乱世ではございませぬ」

良衛が反論した。

「命を奪い合う。おぬしにとって乱世であろう。先日までの平穏はもう戻ってこぬのだぞ」

「…………」

あらためて報《しら》された良衛は、なにも言えなくなった。

「儂《わし》も乱世は知らぬ。かろうじて天草の乱へ参加した古老たちの戦語りを聞いたくらいだ。もちろん、人を斬ったことなどない。そんな儂が言うのは絵空事に過ぎぬとはわかっている。なれど、矢切、おぬしにとって、その身に被《かぶ》った血は現実なのだ」

「はい」

力なく良衛はうなだれた。

「政は冷たい。一人の旗本のために幕府が動くことはない。いや、幕府が動くことで得をするとわかれば手出しをしてくれる。でなければ、おぬしは一人なのだ。儂とて味方してやれるとは言えぬ。吾《わ》が身が惜しい。我が家を子供に残してやりたいからの。だが、できるだけのことはしてやる。おぬしよりは多少、権を持っているでな」

「お願いいたしまする」

良衛は藁《わら》にもすがる思いであった。

言われたとおりに、良衛は湯を浴び、衣服を借りて、松平家を辞した。

「念のために申しておくが、決して堀田家へ近づくな。同じ敵に狙われた者同士が味方とはかぎらぬ。下手すれば、敵よりもひどいことになりかねぬ」

「ご忠告覚えておきまする」

松平対馬守へ頭を下げて良衛は帰宅した。

四

珍しく患家が少なかった。表御番医師となったことで増えた患者だったが、朝早くに数人来ただけで、あとは閑古鳥が鳴いた。

「誰も参りませぬな」

三造が手持ちぶさたを紛らわすため、薬品在庫を調べながら漏らした。

「医者が暇なのはよいことであろう」

良衛は述べた。

昨夜遅かったにもかかわらず、起きて待っていた妻弥須子を約束通り抱いた良衛は、疲れていた。戦いの余波か、いつもより激しい行為にふけったのも原因ではあったが、今朝忙しくないのはありがたかった。

「奥さまのご機嫌もよろしいようでございますし。そろそろお二人目をお作りになってもよろしいかと」

うれしそうに三造が言った。

「………………」

子供のころから面倒をみてもらっていたのだ。奉公人といえども、頭はあがらない。良衛は、顔を赤くした。

「ご免」

外から声がかかった。

「はい。ただちに」

三造が応対に向かった。

「殿さま」

戻ってきた三造は緊張していた。

「どうした」

眠気覚ましに使っていた薬研《やげん》から手を離して、良衛は訊いた。

「堀田さまからお迎えの駕籠《かご》が」

「……堀田さまだと」

三造の口にした名前に、良衛は驚愕《きょうがく》した。

「口上は」

迎えに来た理由を取次に話すのは礼儀である。良衛は三造へ確認した。

「ご一門に急病人が出たとかで」

「急病人か。怪我人とは言わなかったのだな」

「……はい」

言われて三造が怪訝《けげん》な顔をした。

「断るわけにはいかぬな」

医者は求められれば診療しなければならない。患家に夜も正月もないのだ。辛《つら》ければ、医者を頼る。それに応《こた》えるのが医者である。

「着替えをいたすゆえ、しばしお待ちをとな」

「わかりましてございまする」

三造が玄関へと引き返した。

「いきなりだな」

昨夜松平対馬守から注意されたばかりであった。

「どうなさいました」

まだ昼でもないのに、奥へ戻ってきた良衛に弥須子が尋ねた。

「堀田さまより、急患ということでお呼びがかかった」

良衛は告げた。

「堀田さまといえば、あの」

弥須子の声がうわずった。

堀田家は医者の間で羨望《せんぼう》の相手であった。

なにせ、先代、いや、いまや先々代と言うべきなのかも知れないが、堀田加賀守正盛はただ一度の診療に千両という大金を払ったのだ。一両あれば、親子四人が一ヵ月生活できる時代に千両である。それこそ、多少の贅沢《ぜいたく》をしたところで、十年は喰《く》えた。

「あのだ」

興奮する弥須子と対照に、面倒そうな顔で良衛は答えた。

「失礼のないように身支度をいたしませぬと」

いそいそと弥須子が良衛を着替えさせた。

「そなたの期待どおりには、いかぬと思うぞ」

昨夜から機嫌のいい弥須子に水を差すのは、得策ではないとわかっていたが、千両を期待されても困る。良衛は釘《くぎ》を刺した。

「わかっているとは思うが、堀田家はご大老であった筑前守さまにご不幸があったばかりだ。とても従来のようにはいかぬぞ」

「わかっておりまする。ですが、堀田さまは代々老中におなりになる名門。ご縁を結んでおいて損をすることはございませぬ。あなたさまが奥医師になるためには、父だけでなく、他のかたの引きもあったほうがよいにこしたことはございませぬ」

「…………」

弥須子の言葉が、良衛の矜持《きょうじ》を傷つけた。

「お気を付けていってらっしゃいませ」

着替えを手伝った弥須子が、その場で手をついた。

目上から迎えの駕籠が出ている。その見送りに女が立つことは、遠慮すべきであった。

「ああ」

短く返事をして、良衛は玄関へと出た。

「堀田家用人の横山《よこやま》と申しまする。お名前は憚《はばか》りまするが、ご一門の方が急に腹痛をお訴えになりましたので、高名な矢切さまにご高診をお願いにあがりましてございまする」

用人がていねいな口調で言った。

老中、大老を輩出し、十一万石の大領を誇る堀田家の用人といえば、その辺の旗本、いや一万石の大名よりも力を持っていた。

といったところで、身分は陪臣である。直参の良衛より格下でしかなかった。

「ご苦労に存ずる。患家の求めがあれば、参るのが医師。ご案内を頼もう」

「早速のご承知かたじけなく存じまする。おい」

良衛へ一礼した横山が、駕籠脇に控えている藩士へ合図した。

「はっ」

藩士が駕籠の扉を開けた。

「お刀はこちらで」

駕籠に太刀を持ちこもうとした良衛を横山が止めた。

「狭うございますので」

「三造、頼む」

良衛は太刀を横山ではなく、少し後ろに控えていた三造へ渡した。松平対馬守からの借りものである。他人に預けて奪われでもしたら、あの松平対馬守である。なにを代償によこせと言いだすかと不安であった。

「はい」

左手に薬箱を下げていた三造が、右手で太刀を受け取った。

「お供は不要でござる。薬箱をお預かりいたしまする」

別の藩士が、三造の持っていた薬箱を取りあげた。

「あっ」

三造が良衛を見た。

「…………」

駕籠に乗りかけていた良衛は黙ってうなずいた。

「よろしくお願いいたしまする」

薬箱を取った藩士へ、三造が頭をさげた。

「では……」

藩士が駕籠の扉に手をかけた。

「しばしお待ちを。三造、本夕刻大目付松平対馬守さまの治療におじゃまするつもりであったが、堀田さまの御用にどれほどかかるかわからぬ。遅くなりまするが、かならず、参りますので、無理をなさらぬようにとな」

「……大目付松平対馬守さまへ。承知いたしました。お伝えいたしまする」

ほんの少しだけ間を開けた三造だったが、すぐに首肯した。

「………」

一瞬苦い顔をした横山が合図をし、駕籠は動き出した。

駕籠のなかから外というのは意外と見えるものである。左右の扉には御簾《みす》がかけられたような窓があり、外の様子を窺《うかが》うことができた。

「上屋敷へ向かっているのではない……」

堀田家上屋敷は江戸城大手前にあった。城の大手門近くに屋敷を与えられるのは、一門あるいは譜代名門、もしくは功臣だけである。当然、家門の誉れとしてふさわしいだけの威容を誇るような御殿を、門を造る。周りの屋敷がすべて十万石をこえる大藩が、金に飽かして造ったものなのだ。大手前の一角は豪勢さで一線を画し、一目で他との区別がついた。

堀田家の中屋敷がどこにあるか、良衛は知らなかった。

大名も旗本も表札をあげない。知らない者には、外から見分けはつかない。用のある者は、あらかじめ切り絵図などで確認してから行くか、聞き合わせをしながら探すかした。

「きついな」

最初、どこへ行くのかと外の様子を熱心に観察していた良衛だったが、窮屈さに音を上げた。

さすがに女駕籠《かご》ほどではなかったが、のせられた駕籠は小さかった。大柄な良衛は、正座すると屋根に頭が当たった。しかたなく腰を深く曲げ、膝《ひざ》を抱えるようにしてしのいだが、無理な姿勢は辛い。

半刻《とき》（約一時間）ほどして、ようやく駕籠は屋敷へと入った。

「お出ましを」

駕籠の扉が開いた。

「ご苦労でござった」

良衛はようやく身体を縮める苦行から解放された。駕籠の行列に付き従ってきたのは、すべて堀田家の家臣で陪臣である。直臣である良衛との間には大きな差がある。良衛は横柄な態度をとった。偽りの患者で呼び出したくらいである。ろくな話ではないとわかっているのもあった。

「ご案内をいたしまする」

横山が先に立って屋敷へと入っていった。

駕籠は玄関式台に置かれていた。履きものは不要であり、良衛の雪駄は取りあげられたままであった。

「まさか、履きものを取りあげれば、逃げ出せないと考えているわけではなかろうな」

良衛は口のなかであきれた。

大老であり、五代将軍綱吉擁立の立役者であった堀田筑前守は幕府最高の権力者であった。その屋敷である。中屋敷とはいえ御殿も壮大で、良衛は長い廊下を延々と歩かされた。

「ここでお待ちを」

豪勢な襖絵《ふすまえ》を施した部屋の前で、横山が膝をついた。

良衛は、立ったまま待った。

「…………」

横山がにらんだが、良衛は無視した。

医者は法外の官である。法外とは、決まりの外側にあるという意味であり、僧侶《そうりょ》と同じ扱いを受けた。僧侶に俗世での身分はつうじない。医者も同じである。身分高貴な人であろうが、治療のためならば触れるし、できものなどがあれば刃物をあてる。

「表御番医師矢切良衛さまをお連れいたしました」

あきらめた横山が声を出した。

「開けよ」

なかから返答があった。

「ご免」

横山が襖を開けた。

「お入りいただけ」

「どうぞ」

指示を受けた横山が、良衛をうながした。

「お邪魔いたす」

良衛は敷居をこえた。

「表御番医師矢切良衛でござる」

少し入ったところで、良衛は膝をついた。

「堀田正虎《まさとら》じゃ。見知りおいてくれ」

上座に腰を下ろしていた若い男が名乗った。

「ご病人は」

良衛は問うた。

「余じゃ。余が病人でな」

「はて……お健やかに見受けられまするが」

わざと良衛は大きく首をかしげた。

「目に見える病ではない」

「どういうことでございましょうや」

良衛は尋ねた。

「心が震えるのだ」

堀田正虎が両手を見た。

「天下を思うがままにしてみたいと思わぬか、お医師どのは」

「思ったことさえございませぬ」

驚きながら、良衛は否定した。

「男子一生の本懐であろうに」

「…………」

良衛は黙った。

「余は、天下の権を手にできる家に生まれついた。堀田家は祖父が幕政参与、父が大老を務めた。まさに大老を世襲する家柄だ」

「はあ」

「このまま何事もなければ、余もやがて幕政にかかわり、いずれは大老となれた。しかし、それが危なくなった。父が殿中で刺されるという不祥事を起こした」

「不祥事とはあまりでございましょう」

堀田正虎の言いかたを、良衛はたしなめた。

「不祥事であろう」

冷たく堀田正虎が言い返した。

「権を振るえば、恨みを買う。大なり小なり政を担う者は、憎まれる。これは決まりごとのようなものだ。万民に気に入られる政などない。であろうが」

「……それはたしかに」

問われた良衛は、同意した。

新しく道をつける。人の行き来が便利になり、ものが動く。よいことずくめのようだが、その裏にはかならず不利益を被る者が出る。道をまっすぐにするため、家を立ち退かされる者、新しい道ができたことで、人通りを奪われた旧道の店の主《あるじ》など、例を挙げればいくらでも出てくる。

「政とは、大の利益を生むために小を犠牲にするものだ。喜ぶ陰で泣く者がいる。それを知っていなければ、政などできぬ」

堀田正虎が続けた。

「父もそれくらいは知っていた。だが、失敗した。刺されるなとは言わぬ。せめて場所を考えてもらいたかった」

「なんと」

親の死にけちをつける堀田正虎の姿に、良衛は絶句した。

「前日に稲葉石見守が来ていたのだ。遅くまで二人は酒食を共にしていた。刺されるなら、あのときにしてくれれば、いくらでも隠しようはあった」

「え……刃傷前夜に会っていた」

良衛は耳を疑った。

「そうだ。石見守が父のもとを訪れ、長く話していた。石見守も石見守じゃ。恨みがあるならば、そこで話をするなり、晴らすなりしてくれればよかったものを。父の引きで若年寄にしてもらっておきながら」

堀田正虎が文句を言った。

「父も情けない。前日に顔を合わせ二人きりで話をしたのだ。石見守の恨みを見抜けなかったとしたならば、父は治世者として欠格しておる。治世者は、どのようなときでも冷静でなければならず、人の心の奥にあるものを見抜けなければならぬ」

「お待ちあれ」

止まない堀田正虎を良衛は止めた。これ以上聞いていられなかった。嫌な予感が的中した。

「……なんじゃ」

機嫌良くしゃべっているのを妨げられた堀田正虎が嫌な顔をした。

「殿のご病気は、わたくしでは手に負えませぬゆえ、失礼させていただきまする」

良衛は辞去すると伝えた。

「なにをいうか。特効薬をもっておるくせに」

堀田正虎が口の端をゆがめた。

「特効薬……まさか」

「そうじゃ。先夜上屋敷を襲った者どもの正体。そして……」

「そして……」

言葉を切った堀田正虎の目つきに、良衛は思わず身を退《ひ》いた。

「父の死の状況から、その裏を読む力」

堀田正虎が告げた。

「…………」

良衛は沈黙した。

「生きてこの屋敷を出たければ、話を聞かせよ。満足するだけのものを与えたならば、祖父の古例に倣って、千金を与える」

「殿」

横から横山が口を出した。

「なんだ」

「矢切さまは、大目付松平対馬守さまとかかわりが」

「大目付」

聞いた堀田正虎が苦い顔をした。

「親しくさせていただいております る」

顔を向けている堀田正虎へ、良衛は述べた。

「たかが大目付ではないか。することもなく、殿中を歩いているだけの役立たず」

「殿、大目付さまには、大名を監察する権がありまする。大目付さまが命じれば、屋敷へ立ち入ること、家臣たちを尋問することを拒めませぬ」

横山がたしなめた。

「堀田家ぞ」

「だからでございまする。今、堀田家は非常に危うい状況、殿中を血で汚してしまった。咎《とが》められないようにするには、あくまでも堀田家は被害者だと見せねばなりませぬ。そのおりに、表御番医師を害するなど論外。大目付さまから、堀田家に疑義有りなどと将軍家へ申し立てられれば、終わりまする。できるだけ、将軍さまに堀田家の名前が聞こえないようにいたさねばなりませぬ」

「……面倒な」

「面倒……」

良衛はあきれた。

言われた横山が、懐から袱紗《ふくさ》を取り出した。

「はい」

「横山、金を」

「矢切さま、これを」

横山が袱紗を開いた。なかから大判が十枚現れた。

大判は徳川家康が鋳造させたものだ。小判の数倍大きく、実用というより進物用として扱われていた。一応十両に匹敵するとされていたが、じっさいに通用させるとなれば両替手数料を引いて、七両から八両と言われていた。

「今日の薬料でございまする」

袱紗を横山が良衛へ向けて押し出した。

「いささか多すぎる」

良衛は受け取らなかった。金は欲しいが、確実にやっかいごとがついてくるとわかっている大判は遠慮したかった。

「是非お受け取りいただきますように。これで、先ほどの殿のお言葉を忘れていただきますように」

強く横山が勧めた。

「口止め……」

「それと我らに医について教えていただく教授料だとお思いいただけますれば」

「教授料とは」

横山へ良衛は訊《き》いた。

「よろしゅうございましょうか」

「うむ」

確認する横山へ、堀田正虎が首肯した。

「……これを」

横山がふたたび懐へ手を入れ、今度は書付を取り出した。

「拝見つかまつる……これは」

「筑前守さまのお傷を記した絵図でございまする」

淡々と横山が答えた。

「…………」

詳しく書かれた絵図を、良衛は食い入るように見た。

「……致命傷は、この左肩の刺傷だな……」

良衛は同室にいる堀田正虎と横山のことを忘れた。

「深さが書かれていないが、殿中で使えるのは守り刀だけ。守り刀の刃の大きさと傷口の状況を考えれば……いや、傷口は縮む。とすれば、この大きさからいけば、鎖骨の下を貫き、大きな血の管を切っていよう」

つぶやきながら、良衛は他の傷を見た。

「この傷は浅いし、角度も上すぎる。そうか、あの日は式日登城だ。大老は肩衣《かたぎぬ》をつけていたはず。それに刃先が当たって滑ったな」

「おい」

「思った以上でございまする」

堀田正虎と横山が顔を見合わせた。

「肩の傷より低い位置に深いものはない。これは、堀田筑前守さまより稲葉石見守どののほうが、大きいからだ。しかし、首や顔には傷がない。少しの動きで外れてしまう、首を避けたか。それはそうか。御用部屋の前で襲うのだ。すぐに制止されるだろうからの。その場での必殺ではなく、まちがいなく死なせるための傷をつけることを目的としたか」

良衛は絵図から読み取れることを独りごちた。

「横山どの」

「なんでございましょう」

「奈須玄竹殿の治療については書かれておらぬが、どのような手当をなさった」

「傷口に強く布が巻き付けてございました」

「他には」

重ねて良衛が問うた。

「いえ、別に」

横山が首を振った。

「さようでございますか」

書付を良衛は返した。

「では、わたくしはこれで」

一礼した良衛は大判を半分だけ取って立ちあがった。

「ご案内を」

合わせて横山も腰をあげた。

「そうそう」

歩きながら良衛は堀田正虎を振り向いた。

「じつは先夜、ここでお目にかかった方と再会いたしました。どうやら、あの御仁の主君は、高貴なご身分のようでございますな」

刺客は敵である。堀田家も味方ではない。良衛に沈黙する義務はなかった。また、堀田家が動くことで、己への圧力が減ることも期待した。

「高貴な」

「はい。将軍家のご一門に連なるお方と拝察しました。では」

受け取った大判分の代償を渡して、良衛は堀田家屋敷を後にした。

第五章　渦中転落

一

無事に堀田家の屋敷から良衛は帰邸した。帰りも横山が駕籠《かご》で送ってくれた。

「戻った」

「ご無事で」

三造がほっとした。良衛が大目付の名前を出したことで、堀田家の用件がまともなものではないと三造も気づいていたようであった。

「これを」

懐から大判を包んだ袱紗《ふくさ》を無造作に取り出して、良衛は三造へ渡した。

「……大判」

なかを見た三造が驚愕《きょうがく》した。

「口止め料だそうだ。拙者が堀田家へ招かれたことを他言するな」

「……決して」

三造がうなずいた。

「患家は」

「どなたもお見えではございませぬ」

「そうか。少し出てくる」

良衛は雪駄を履いた。

「どちらへ」

「今大路の義父に会ってくる。弥須子にそう言っておいてくれ」

問う三造へ伝言を頼んで、良衛は屋敷を出た。

今大路家の屋敷は一千二百石としては、異常なほど大きかった。これは屋敷のなかに薬草園を持っているからであった。

「典薬頭さまにお会いしたい」

妻の実家とはいえ、格式が違いすぎた。良衛は用人へ面会の取り次ぎを依頼した。

「しばしお待ちを」

末席とはいえ、一門である。さすがに供待ちではなく、客間へと良衛は通された。

「どうぞ」

家士が茶を出してくれた。

高価すぎる茶を、矢切家では飲む習慣はなかった。

「苦いな」

慣れていない茶に良衛は顔をしかめた。

「良薬は口に苦しというであろうが」

今大路親俊が、自ら襖《ふすま》を開けて客間へ入ってきた。

「ご無沙汰《ぶさた》をいたしております」

良衛は深く腰を曲げた。

「うむ。息災そうでなによりじゃ。弥須子も変わりはないか」

「おかげさまで、健勝にいたしております」

問う今大路親俊へ一礼して、良衛が礼を述べた。

「表御番医師として、そなたの評判はよい。儂《わし》も鼻が高いわ。このままうまくいけば、そう遠くないうちに寄合医師へと推挙できるだろう」

寄合医師は非役扱いであるが、奥医師になるための修業期間という側面も持っている。役料がないかわり登城しないですむため、勉学や実務に精進できた。

「かたじけないことでございまする」

もう一度良衛は頭を下げた。

将軍とその家族を診る奥医師は名誉な職だが、そのぶん制限も多い。屋敷での診療は続けられるが、庶民の治療は身分上好ましくないとされる。そんな奥医師にはなりたいと願っていない良衛だが、寄合医師への転籍はありがたい話であった。三日に一度、江戸城へあがり一昼夜医師溜《だまり》に詰める。表御番医師の職務を軽く見るつもりはないが、その間、勉学できないのは嫌であった。

医者というのは、机上の学問も重要だが、実地はさらにたいせつであった。病状も怪我の状態も、一つとして同じものはない。ただ、似通っているだけなのだ。だが、その近似が治療の大きな目安となる。また、同じような病状でも、いくつもの亜種があり、もっとも近い形状を知らなければ、迂遠《うえん》な治療を施すことになりかねなかった。一人でも多くの患者を診る。それは人助けであり、同時に医者としての格をあげた。

「で、今日はなんだ」

ようやく今大路親俊が用件を訊《き》いた。

「ご当代の奈須玄竹どのをご存じでありましょうや」

良衛は問うた。

「玄竹か。娘婿ぞ。存じておる」

今大路親俊がうなずいた。

「どのようなお方でございまするか」

人となりを良衛は尋ねた。

「まだ若いはずだ。二十五歳になったか、なっておらぬか。そのあたりだと思う」

「ずいぶんとお若い」

かなり良衛より歳下であった。

「あの奈須玄竹どのの孫だからな。当代の玄竹は」

先代の奈須玄竹に敬称をつけた今大路親俊だったが、当代は呼び捨てた。

「孫ということは、先代の奈須玄竹さまのご子息で、ご当代の父どのは」

「若くして亡くなった。ために、先代玄竹が隠居したあと、孫が跡を継いだ。たしか、十歳に満たなかったはずだ、家督のおりは」

思い出すように今大路親俊が言った。

「医者としての腕は」

「まだまだじゃな。稀代《きたい》の名人と言われた先代の技術を学ぶには幼すぎたのであろう」

今大路親俊が首を振った。

「もう先代はこの世におらぬで、奈須流医学は途絶えたな」

あっさりと今大路親俊が断じた。

「どうした。奈須に用でもあるのか」

「いえ。あの刃傷のおり、とくに選ばれてご大老堀田筑前守さまの処置を担当されたと聞きましたので、それほどの技術をお持ちならば、一度お目にかかってお話をと」

良衛は真実を少し混ぜて、ごまかした。

「会うか。紹介してやってもよいぞ」

「いえ。まだその時期ではなさそうでございまする」

「そうか。そうだの。今は己の腕をあげるときだ」

返答に今大路親俊が納得した。

「ではこれで。お邪魔をいたしました」

用を終えた良衛は退出の挨拶をした。

「待て」

今大路親俊が止めた。

「弥須子とはうまくやっているのか」

「だと思いまする。他の女と暮らしたことがないので、比較はできませんが」

「子供はまだ一弥だけではないか。閨《ねや》ごとはしておるのだろうな」

「一応は」

嫁の父親が娘婿に尋ねる内容ではなかろうにと思いながら、良衛は答えた。

「ならばわかっておろうが、みょうなことに首をつっこむな」

「……みょうなことでございますか」

一瞬の驚きを押し隠して、良衛は首をかしげた。

「ご大老の刃傷について、いろいろ動いていると聞いている」

「…………」

良衛は黙った。

「医師溜で噂になっていると報《しら》せてくれた者がおる。和蘭陀流外科術を修めたそなたとしては、あの刃傷で最初に奈須玄竹が呼ばれたのは気に入らないだろう。だが、それはいたしかたないことなのだ。武士にとって家名が命であるように、医者にとって名医としての評判は大事なのだ」

「評判でございますか」

今大路親俊の言葉を良衛は反芻《はんすう》した。

「そうだ。評判が通っていればこそ、奈須玄竹は呼ばれた。当然なのだ。おぬしはまだ表御番医師になったばかりである。それも儂の引きでな」

「…………」

言うとおりであったが、腕より根回しで表御番医師に抜擢《ばってき》されたと、面と向かって告げられるのは、気持ちのいいものではなかった。

「焦らずともよい。医者の本領は不惑を出てからで十分。名医との評判さえつけば、もう安泰じゃ。それまでは辛抱いたせ」

厳しい表情で今大路親俊が忠告した。

「はい」

良衛はしたがうと答えるしかなかった。


今大路家を出た良衛は、屋敷ではなく下町へと歩みを進めた。

「先生」

良衛の訪れを迎えたのは、伊田美絵であった。

「どうなさいました」

月に一度ほどの間隔で顔を出していた良衛が、十日も経たず再訪したことに美絵が首をかしげた。

「すぐそこまで来たのでな」

良衛はさりげなくついでだと答えた。

「さようでございましたか。どうぞ」

それ以上訊くこともなく、美絵が白湯《さゆ》を出した。

「助かる。少し喉《のど》が渇いていた」

すぐに良衛は湯飲みへと手を伸ばした。

今大路親俊の言葉は、良衛の心に大きく刺さっていた。己への評価の低さに不満を持っている。そう指摘されたことに対し、反論できなかった。

「天狗《てんぐ》か」

良衛は苦笑した。

「なにか」

美絵が聞きとがめた。

「少し増長していたと教えられて」

「先生に限ってそのようなことはございません」

はっきりと美絵が首を振った。

「いつも先生は一生懸命になさって下さいました。亡き夫が病に倒れて三年も生きられたのは、先生のおかげでございまする。先生が来て下さらなければ夫はもっと早くこの世と別れなければならなかったはず」

美絵が力をこめて語った。

「御礼も満足にさしあげられなかったにもかかわらず……」

「いや、薬を出せなかったのだ。それを言われると辛《つら》い」

良衛は手を振った。

「先生」

真剣な声で美絵が呼びかけた。

「それを恨みに思わなかったと言えば嘘になりまする。たとえ一ヵ月分でも、一回分でも、お薬をいただければ、夫はもう少し生きていられたのではないかと何度も思いました」

「であろうな」

美絵の言葉に良衛はうなずいた。

「ですが、それはわたくしの心得違いでございました。夫が最後に申しておりました。先生が決まった時期に来訪して診察して下さる。その嬉《うれ》しさは別格であったと。先生のお顔を拝見する度に、ああ、また何日生き延びられたとほっとしたと」

「……いや」

「いいえ。そうなのでございまする」

制そうとした良衛を美絵が遮るように続けた。

「失礼とは存じましたが、お薬欲しさに他のお医者さまへ往診をお願いしたこともございました。ですが、夫が労咳《ろうがい》で、我が家に高価な薬を買うだけの金がないと知ると足を運んでは下さいませんでした。なかには、来て下さるお方もないわけではございませんでしたが、誰一人夫の身体に触れることなく、ちらと見るだけで帰ってしまわれました。どういう食べものがいいか、これはしてはならないとの指導もございませんでした。ひどい方など、往診料だと露骨にわたくしに言い寄られるお方もおられた」

「それはひどいな」

良衛はあきれた。

「いいえ。お薬を下さらぬ先生を信用できなかったわたくしの浅はかさが招いたことでございまする」

憤る良衛へ美絵が首を振った。

「先生」

美絵がじっと良衛を見つめた。

「夫に触れていただいたこと、かたじけなく思っておりまする。同席するのも嫌がった一族に家督を譲らねばならぬ悔しさに夫が耐えられたのは、先生のお陰でございました」

深く美絵が頭を下げた。

「そう言われると辛いわ」

良衛は重い声を出した。

「今日はこれで失礼しよう。馳走《ちそう》でござった」

一礼して、良衛は腰をあげた。

「いつでもお待ちいたしておりまする」

美絵がほほえみながら応《こた》えた。

「お隠しになるのがお下手ですこと」

良衛の湯飲みを洗いながら、美絵が呟《つぶや》いた。

「なにがあったのかは存じませんが、嫌なことでございましょう。病の重くなった夫が、わたくしを心配させまいとして、今日は気分がいいとごまかしていたのと同じ目をなさっておられました。男の見栄、嘘は女に通じませぬ。まして、愛《いと》しき男の命を賭《か》けた優しさを知った女には。夫にできなかったことを、先生にさせていただく。これも夫への供養でございましょう。男は、どうして素直に苦しいと言ってくれないのでしょうか」

美絵が寂しげな笑いを浮かべた。

二

命を狙われる。泰平の世ではありえないことであった。

良衛は歩きながら、周囲に気を配っていた。

「…………」

後ろに良衛は気配を感じた。

あまり遠くに離れるとわからなくなるが、十間（約十八メートル）やそこらの距離から見つめられると、なんとなく背筋に違和感を感じる。もっとも、なんの注意もしていなければ、気づかないていどである。集中していればこそ、わかった。

「どうするか」

屋敷はすでに知られている。今さら尾行を撒《ま》いても意味はなかった。

「巻きこんでやるか」

良衛は、いい加減頭に来ていた。

「といっても、卑屈な矜持《きょうじ》がもとだ。身から出た錆《さび》と言われれば、そのとおりだけに反論できぬ」

今日、今大路親俊が口にしたことは真実であった。

本来ならば、百五十俵五人扶持の御家人として、近隣の患者を診ながら、よく似た家柄から妻を迎え、子をなし、代を受け継いでいく。裕福ではないが、食べるにこと欠かず、他人の病を治すというやりがいのある仕事に満足しながら老いていく。祖父や父と同じ生涯を良衛は送るはずであった。

それが狂った。

今大路家に目を付けられ、会ったこともない娘を押しつけられたうえ、家柄も御家人から法外の医家へと変えられた。いわば、今大路家が家康から命じられた医道邁進《まいしん》の看板とされたのだ。

矢切家という家が代々受け継いできた御家人としての歴史に終わりを告げさせられた。せめて、良衛の医者としての腕で抜擢《ばってき》されたとでも思わないと、たまらないのだ。その腕を発揮する場を、名門の奈須玄竹に奪われた。もちろん、刃傷を受けた堀田筑前守の状況から、良衛が出ても助けられたとは思ってはいない。そこまでうぬぼれてはいなかった。

「走狗《そうく》となるのも慣れたしな」

良衛は唇の端をゆがめた。

権を持たない身分軽き者にはなにもできない。なににも抗うことができない。剣や槍《やり》とは違った力、その怖さを良衛は知り始めていた。

「二百俵とはいえ、先祖が血を流して得た禄《ろく》を息子に譲ってやらねばならぬ。父が吾《われ》にくれたようにな」

当主が死んでも、残る家は武士にとって格別なものであった。なにしろ、乱世で功績を挙げた先祖の顔さえ知らない。それでも矢切の血を引いている、いや血を引いていなくとも、矢切の跡継ぎというだけで禄は与えられるのだ。

槍や剣を持ったことなどなくともよいのだ。

医者が他人を診られて一人前となり、さじを持たせてもらえるのに対し、侍は甘い。

だが、その甘さを矢切家は五十俵の加増と引き替えに失った。一弥を一人前の医者にするか、他から医術につうじた養子を迎えるかしなければ、矢切家は続いていかなくなった。

「吾も一弥に残してやらねばならぬ。いや、譲ってやりたい」

良衛は独りごちた。

子はかわいい。己の命を引きかえにしてもよいと思えるほど、愛《いと》しい。

「なんとしても家を続けねばならぬ」

さいわいなことに、医者になるのになんの試しもない。町医から幕府お抱え医師になるには、名医との評判が要る。しかし、お抱え医師に一度なってしまえば、医師として腕が立とうが、下手であろうが、家禄《かろく》を受け継ぐことはできる。医道修業不十分と言われないていどであればいい。

「そのためには殺されるわけにはいかぬ」

当主の変死は、お家改易の理由となる。

「使われるならば、こちらも使わせてもらう」

肚《はら》をくって、良衛は目白台へと行き先を変えた。

三

大目付松平対馬守は、将軍綱吉への目通りを願った。

「上様はご多忙でございまする」

小姓頭柳沢吉保が取次を求めた松平対馬守を止めた。

不思議なことに、旗本の監察をする目付には、直接将軍と話す権が与えられていた。しかし、大目付は取次を経なければ綱吉と面談ができない。これからもいかに大目付が飾りでしかないかわかった。

「お小姓頭どのよ。少しこちらへ」

小姓頭は将軍の側に仕える。その本来の任は、将軍の警固であるが、そうそう万一の事態などなく、普段は将軍の話し相手をしていた。多くの旗本に傅《かしず》かれ、江戸城奥深くに住まいする将軍は世間に疎い。将軍は小姓たちからいろいろな話を聞くことで無聊《ぶりょう》をなぐさめるのだ。いわば、小姓は将軍の耳目といっていい。さらによほどのことがない限り、小姓の話は比較調査されないため、将軍にとっての真実となってしまう。

そんな小姓に嫌われて、将軍の耳へ悪口でも入れられれば、身の破滅である。松平対馬守は、格下の柳沢吉保へていねいな言葉を使った。

御座の間はその周囲を入り側と呼ばれる畳廊下に囲まれている。御座の間へ出入りする者は主として、南側の入り側を使い、御座の間下段へ入り将軍へ拝謁した。

松平対馬守は、他人目《ひとめ》を避けるため、柳沢吉保を庭に面した西の入り側へと誘った。

「なんでござろう」

大目付に密談を持ちかけられた柳沢吉保は怪訝《けげん》な顔をしながらも従った。

「ご大老さまのことじゃ」

「……堀田筑前守さまの」

柳沢吉保の顔つきが引き締まった。

「おぬしは小姓頭じゃ。上様のお側におることも多い。儂《わし》が上様だけにお話ししたところで、すぐに知ることとなろう。ならば、最初からかかわっておいたほうがよかろう」

「…………」

疑念に満ちた目を柳沢吉保が松平対馬守へと向けた。君側の臣である小姓頭は出世の階段を上っている。だけにその座を狙う者も多い。柳沢吉保の失脚を望んでいる者が、どこにいるかわからなかった。

「大久保加賀守を怒鳴りつけたらしいな」

松平対馬守が話を変えた。

「ご存じでしたか」

柳沢吉保が苦笑した。

「御座の間は他職の出入りもある。なにより、小姓は出世街道の入り口に立っているのだ。他人の目がいつも見ている。ご大老の刃傷に隠れて、それほど目立ってはおらぬが、知る人は知っている。まあ、大久保加賀守の顔を考えて、あまり大っぴらにはされないとは思うが」

「…………」

ほんの少し、柳沢吉保が顔をゆがめた。

「執政者というのは、矜持が高く、そしてしつこい。注意することだ」

松平対馬守が忠告した。

老中からしてみれば、小姓頭など小者とさして変わらない。まして、三河譜代の名門大久保家と甲州《こうしゅう》譜代の柳沢など、相手にならないのだ。

その柳沢吉保に怒鳴りつけられた大久保加賀守が、そのままますませるはずはなかった。

「安心なされ。今すぐではない。ことのほとぼりが冷めるまでは、なにもしてはくるまい」

将軍綱吉がその顚末《てんまつ》を明晰《めいせき》に覚えている間は、大久保加賀守も手出ししないだろうと、松平対馬守は述べた。

「一向に安心できることではございませぬな。どうなるとお考えで」

嘆息した柳沢吉保が問うた。

「上様の手前もある。そうよな、どこぞの遠国奉行へまず栄転だろう。そして江戸、いや、上様の側から離したあと、数年のちに小さな瑕《きず》を大きく言い立てて、罪に落とす。そのころには、上様も貴殿のことを忘れておられようからな。どこからも邪魔は入らぬ」

松平対馬守は語った。

「よくご存じで」

「役人を長くやっておると、嫌でも見聞きするのでな」

皮肉まじりに問う柳沢吉保へ松平対馬守は教えた。

「どう対処すればよいかは、もうおわかりでござろう」

「上様から忘れられぬこと」

「さすがじゃ」

大きく松平対馬守が首肯した。

「そのお助けとなるはずじゃ。儂の話は」

「お伺いいたしてもよろしいか」

「でなくば、ここに誘いませぬよ」

確認する柳沢吉保へ、松平対馬守が笑った。

「ただ、聞かれれば一蓮托生《いちれんたくしょう》のご覚悟を願うことになりまするがな」

「上様のお為となるのでございましょうな」

柳沢吉保が告げた。

「さすが天晴《あっぱ》れなご忠義。もちろんでござる」

褒めてから、松平対馬守が声を潜めた。

「もっとも、もう逃げられませぬが」

「……どういうことでござる」

松平対馬守の言葉に、柳沢吉保が首をかしげた。

「そっと後ろを見られるとよい」

「後ろ……うっ」

さりげなく振り返った柳沢吉保が息をのんだ。

入り側の隅に控えているお城坊主はもとより、同僚の小姓、将軍の身の廻《まわ》りの世話をする小納戸《こなんど》など、御座の間付近にいるほとんどの者が、柳沢吉保の様子を窺《うかが》っていた。

「…………」

唖然《あぜん》とする柳沢吉保と目があった者たちが、あわてて顔をそらした。

「拙者と密談をした。これだけで、十分」

「はめられたか」

柳沢吉保が松平対馬守を睨《にら》んだ。

「心外な。お助けしようとしておるのだ」

「助ける……」

まだ若い柳沢吉保は、松平対馬守に翻弄《ほんろう》されていた。

「大久保加賀守どのから、身を守られる手助けでござるよ」

「……ふん」

いけしゃあしゃあと言う松平対馬守を、雰囲気を変えた柳沢吉保が鼻先で笑った。

「ご自身のためでござろう。大目付では自在に上様へお会いできぬ」

「ほう」

松平対馬守が眼を細めた。

「それが貴殿の素か。なかなかおもしろい。昨今の肚《はら》なしとなった旗本には珍しい。矢切とは違っているが」

「矢切……」

柳沢吉保が不審な顔をした。

「表御番医師じゃ。和蘭陀流外科術を能《よ》くする外道の医者でな。こやつが最初に堀田筑前守さまの刃傷に疑義を持った」

松平対馬守の口調も普段に戻った。

「やはりなにかござったな」

「ふふふ」

満足そうに松平対馬守が笑った。

「上様にはどうお伝えされておる」

「知らぬのか」

「大目付は、阻害されておるでな。襲われた堀田筑前守どのも、襲った稲葉石見守も大名である。本来ならば、大目付がこれを担当すべきである。なれど、殿中のことは目付の任として、かかわることさえ許されておらぬ」

松平対馬守が笑いを消した。

「そういうものであろう。大目付が飾りだと、知っていてなったのではなかったのか」

さげすむような態度で、柳沢吉保があきれた。

「おぬし、嫁をもらっておるか」

「九年前に娶《めと》ったが、それがどうした」

「脱がせてみて、驚かなかったか。初めての女の身体に」

「……………」

柳沢吉保が沈黙した。

「役目はな。衣服を着た女なのだ。服の上から見えているのは、少ない。乳が思ったより大きいなとか、陰部の毛が濃いなど、裸にしてやっとわかるであろう。役目も同じじゃ。就いて初めてわかることのほうが多い」

「……………」

切り返された柳沢吉保はなにも言えなかった。

「大目付は不要だとおぬしも思うか。ならば、話はなかったことにして去ろう。儂《わし》は髀肉《ひにく》の嘆をかこちながら、残された役人としての期間を過ごす。おぬしは、大久保加賀守の恐怖にさらされるがいい」

松平対馬守が決断を求めた。

「矢切は」

「力がないのに、深くかかわりすぎた。儂とおぬしが見放せば、殺されるだろうな」

あっさりと松平対馬守が言った。

「拙者と矢切、二人の命をかけろと」

「そうじゃ」

松平対馬守が首肯した。

「他に選択する道がございませぬな、お話をうかがいましょう。ああ、ことの原因は稲葉石見守が、堀田筑前守さまを恨んで及んだと上様にはお話しされておりまする」

悩まず柳沢吉保が応じた。

「恨みとしたか。うまいな。乱心ではすぐに矛盾に気づかれよう。恨みとなれば、他人にうかがい知れぬこともある」

聞いた松平対馬守が納得した。

「じつはの。矢切から聞くまで儂も気づかなかったのだが……」

松平対馬守が語った。

「わざわざ奈須玄竹を呼んだ。外道医ではない奈須玄竹を。その矛盾に気づいた矢切が動き、合わせるように、大手門前の堀田家が不逞《ふてい》の輩《やから》に襲われ、後日、同じ曲者に矢切も狙われた」

話に柳沢吉保が驚愕《きょうがく》した。

「どう思う」

「堀田筑前守さまは、稲葉石見守を使った何者かによって殺されたと」

「おそらくな。それも徳川のご一門」

柳沢吉保が口にしなかったことを、松平対馬守は付け足した。

「甲府《こうふ》どのか……」

おもわず、柳沢吉保が漏らした。

「甲府どのは、父の死を上様の手と信じておられるようだの」

松平対馬守の言葉を柳沢吉保は否定した。

「上様は、そのような姑息《こそく》なまねをなさるはずはない。上様はまことにお賢いお方である。将軍となられるべくしてお生まれになったお方じゃ」

「それは上様のお側に仕えているおぬしだからこそわかるのであって、年に何度かしか会わず、親しく話をするわけでもない甲府どのでは無理であろう」

仕方ないことだと松平対馬守が述べた。

「甲府どのも愚かな」

柳沢吉保が、吐き捨てた。

甲府どのとは甲府二十五万石の藩主徳川綱豊のことだ。綱豊は、綱吉の兄で四代将軍家綱の弟徳川綱重の嫡男であり、父綱重の死を受けて、甲府藩を受け継いでいた。

四代将軍家綱よりも早く綱重が死んだことで、五代将軍の継承争いから甲府家が早くに脱落させられたのを綱吉の策謀と思いこみ、深く恨んでいた。

「だが、甲府どのと断定するのはいかがかの。他にも御三家がある。御三家も将軍にはなりたかったはずだ。設立の意図がそうなのだからな」

今から一つに絞るのはよくないと松平対馬守が止めた。

「……でござったな」

興奮を柳沢吉保が抑えた。

「御三家は神君家康さまから、特別に徳川の名前を許され、本家に将軍たる人物なきとき、人を出すようにと命じられた家柄。四代家継さまの死で嫡流は絶えた。ならば御三家から将軍を出すべきと考えても不思議ではない」

柳沢吉保が表情を引き締めた。

「上様にお報せすべきであろう」

確認するように松平対馬守が告げた。

「まさに。お目通りを」

うなずいた柳沢吉保が、松平対馬守を御座の間下段へと案内した。

「対馬か、珍しいの」

平伏する松平対馬守に、御座の間上段から綱吉が声をかけた。

「お他人払《ひとばら》いを」

松平対馬守の少し前で膝《ひざ》を突いた柳沢吉保が願った。

「……他人払いをか。よかろう。皆の者遠慮いたせ」

綱吉が命じた。

将軍の他人払いである。万一のことがあってはならない。まったく姿が見えないところまでは、小姓も小納戸も離れなかった。また太刀持ち役の小姓は、他人払いといえども別扱いとされ、綱吉の警固のために残った。

もちろん、太刀持ち役の小姓はいっさい見聞きしたことを他人に漏らさないとの誓約をしている。万一、誰かに話してそれが知れれば、一族ごと断罪された。

「上様、わたくしが太刀を」

柳沢吉保が、太刀持ち小姓も下げるようにと言った。

「うむ。替わるがよい」

綱吉が認めた。

「ご免を」

一度平伏した柳沢吉保が上段へとあがり、太刀を小姓から受け取った。

「これでよいか、対馬守」

「畏《おそ》れ入ります る」

松平対馬守が感謝をした。

「太刀持ちまで排除するのもそうだが、吉保を納得させたとは、どのような話じゃ」

先を綱吉が促した。

「はっ。大老堀田筑前守どのの死について疑念がございまする」

包み隠さず松平対馬守が告げた。

「やはりの。私怨《しえん》などで殿中刃傷はすまいと思っておった。殿中刃傷となれば、吾《わ》が身だけで処分はすまぬからな。身内、一族にも迷惑が及ぶ。しかし、道具にされたとは、なさけない」

聡明《そうめい》な綱吉は気づいていた。

「大目付の面目躍如だの、対馬」

「はっ」

褒められた松平対馬守が平伏した。

「まだ誰が稲葉石見守を使ったかはわかっておらぬのだな」

「情けなき仕儀ではございまするが」

綱吉の確認に、松平対馬守が頭《こうべ》を垂れた。

「よい。まだあれから十日ほどじゃ。そこまで調べただけでも見事である」

首を振って咎《とが》めるつもりがないことを綱吉が宣した。

「たしかに躬《み》が五代将軍となったのは奇策であった。気に入らぬ者どもも多かろう。甲府、御三家、そして越前《えちぜん》」

「越前……」

「あっ」

松平対馬守と柳沢吉保がそろって声をあげた。

「越前の執念を忘れてはなるまい」

綱吉が述べた。

越前とは、越前福井に居城を持つ越前松平家のことであった。越前松平家の祖は家康の次男秀康《ひでやす》である。二代将軍秀忠が三男であったことから考えると、格上になる。

徳川幕府を立てた家康は、十一男五女を儲《もう》ける子だくさんであった。

長男の信康《のぶやす》は、織田信長から武田氏への内通を疑われて自刃、次男秀康は、天下を取った豊臣秀吉の人質として差し出されその養子となったことで、家督を継ぐ権利を失った。

こうして徳川の家督と二代将軍の座は三男の秀忠のものとなった。

収まらなかったのが、秀康の跡を継いだ忠直であった。「父のほうが、長幼で言えば上。本来は父が二代将軍であるべき。さすれば、余こそ三代将軍」。そう公言した忠直は、傍若無人な態度をとり続けた。その結果、忠直は秀忠の怒りを買い、隠居を強制された。

「たしかに」

大名で天下の主《あるじ》にあこがれない者などいない。まして、将軍の座がすぐ側を通り過ぎていったのだ。それも、己のかかわりのないところで。その無念さはよくわかった。

「お言葉ではございまするが、越前に将軍の座は回らぬのでは。御三家がございまする」

柳沢吉保が疑問を呈した。

御三家は、家康晩年の子、九男義直《よしなお》、十男頼宣《よりのぶ》、十一男頼房《よりふさ》に与えられた格別な待遇であった。

十一人の男子がいたにもかかわらず、徳川の名跡を許されたのは、家督を継いだ本家と、御三家だけなのだ。他の兄弟はすべて松平でしかない。その差は大きい。

「越前へ回りかけたのを忘れたか、吉保」

苦い顔を綱吉がした。

「躬が将軍になる前、四代家綱さまの跡継ぎに、宮将軍をという話があったであろう。あれは、高松宮《たかまつのみや》のことだ」

「高松宮……」

松平対馬守が首をかしげた。

「知らぬか。まあ、大目付は宮中のことにはかかわらぬからの。かくいう躬も、将軍となって初めて知ったような有様だが」

苦笑しながら綱吉が続けた。

「酒井雅楽頭が五代将軍として擁立しようとしていたのは、高松宮好仁《よしひと》親王じゃ。このお方は後陽成天皇の皇子でな。その正室が越前松平忠昌《ただまさ》の娘であった」

「越前の」

「そうじゃ。宮は徳川の血を引いておられぬ。なれど、正室が男子を産めば、それはまさに越前の血筋。その子が宮将軍の二代目となれば、越前家の悲願はなる。あとは、将軍家の里方《さとがた》として、越前家を別格とするなど容易であろう。それこそ、御三家の上席となり、徳川の名前を名乗ることもな」

「仰せのとおりでございまする。さすがは上様」

感心した柳沢吉保が綱吉を褒めた。

「となりまするると、疑義があるのは、甲府家だけでなく、尾張、紀州、水戸の御三家、そして越前松平の五つ」

指を折って松平対馬守が確認した。

「うむ。それだけではすむまいがの。徳川の血を引く者は、まだおる。加賀の前田家もそうだ。三代藩主の利常《としつね》の正室は秀忠さまの娘珠姫《たまひめ》。そして珠姫さまは、三人の男子を産んだ。その長男が四代を継いだ光高《みつたか》であり、今の五代藩主綱紀《つなのり》は、その子。綱紀は秀忠さまからみて、玄孫《やしやご》にあたる。立派な徳川の血筋じゃ」

「さすがに外様《とざま》大名では、将軍となることはできますまい」

松平対馬守が否定した。

「わからぬぞ。一度一門へ養子に出せば、それですむ」

綱吉が述べた。

「といったところで、あまり手を拡げても調べが薄くなるだけじゃ。外様は無視するしかない。対馬、この件任せる」

「承知つかまつりましてございまする」

喜んで松平対馬守が受けた。

「大目付がそう何度も目通りを願うわけにもいくまい。吉保、そなたが対馬と連絡を取れ」

「わかりましてございまする」

柳沢吉保も受けた。

「よし。下がってよい」

満足そうに綱吉がうなずいて、手を振った。

四

将軍綱吉の許可を得た松平対馬守を、良衛が待ち受けていた。

「どうした」

「少しお話をいたさねばならぬことが」

問われた良衛は堀田家へ招かれたことを語った。

「やはり手を出してきたか。しかし、堀田家が老中首座を世襲できると考えておるなど、改易された正信と同じではないか」

聞いた松平対馬守が大きく息を吐いた。

「正仲《まさなか》は、もう少し賢いと思っていたが」

「……正仲」

良衛は引っかかった。

「どうした」

「わたくしがお目にかかったお方は、正虎と名乗っておられましたが」

怪訝《けげん》な顔をした松平対馬守へ良衛は伝えた。

「正虎は、正仲の弟じゃ」

「弟……」

良衛は目を剝《む》いた。用人の態度といい、屋敷で主然としていた様子など、どう見ても藩主か世継ぎとしか思えなかった。

「無理もない。正仲と正虎は双子なのだ」

さすがに大目付である。大名の内情はよく知っていた。

「双子でございましたか。それはもめましょうな」

「うむ」

良衛の言葉に松平対馬守が同意した。

男子が二人いれば、家督相続を巡ってもめ事が起こる。それが大名家であった。なにせ、当主はその字のとおり主であり、兄弟といえども家督を継がなかった者は家臣となる。これが武家の決まりなのだ。

主と家臣、その差は大きい。主君は家臣の死命を握っている。気に入らないというだけで殺すことも、家禄《かろく》を奪うこともできる。

また家臣たちも次期藩主への思惑を持った。戦が終わって出世の手立てを失った侍にとって、次の藩主の腹心という誘惑は大きかった。己が付いた人物が藩主となれば、家老や用人などとして抜擢《ばってき》され、出世もできるかもしれない。

男子がいれば、その数だけ藩士の派閥はできた。

長幼に明確な差があっても、次期藩主となるかどうかの違いの大きさからお家騒動は起こる。双子で藩を割るなというほうが無理であった。

「ひょっとすれば、筑前守どのより、なにかしらの話があったのかも知れぬ」

「正虎どのを嫡男とするとか」

家督を決めるのは、現当主である。堀田筑前守が、正虎に家督を譲ると言っていたならば、その態度が大きくても不思議ではなかった。

「右筆に確認いたせば……」

幕府の書き付けを扱う右筆のもとには、世継ぎを誰にするかの届けも出されている。

「難しいであろうな。堀田筑前守どのはまだ五十一歳。大老職にあったからな。その影響力は大きい。うかつに家督の指名はできにくい。まだ届けてはおらぬであろう」

小さく松平対馬守が首を振った。

幕府の権を恣《ほしいまま》にしている堀田筑前守の跡継ぎとなれば、近づきたい者はそれこそ万をこえる。

「参勤の仮養子の記録は、大目付のもとにあるが……」

仮養子の記録とは、まだ正式な世継ぎを届けていない大名が参勤交代ごとに幕府へ提出するものである。旅の最中に不慮のことがあり藩主が死亡しては、世継ぎなき家は断絶の決まりが適用されてしまう。それを避けるため、仮の養子の名前を記した紙を大目付へ出し、万一のときはそこに書かれている人物が藩を継ぐ。紙は厳重に封されており、無事に参勤を終えれば、開封されることなく返されるのが慣例であった。

「執政は参勤交代を免除される。堀田家の仮養子の記録は、儂《わし》が大目付になってから一度も出されていない」

松平対馬守が述べた。

「しかし、これで一つ増えたな」

「はあ……」

嘆息する松平対馬守に、良衛は対応しかねた。

「堀田筑前守どのを殺す意図を持った者がだ。外だけでなく内も調べなければならぬことになった」

「内……まさか、ご子息が堀田筑前守さまを」

理解した良衛が息をのんだ。

「双子の場合、どちらを先に生まれたとするかは難しい問題じゃ。一応、幕府へ届けるに長幼の順を付けなければならないため、どちらかを兄とし、残りを弟としているがな。弟とされた者は納得いくまい」

「…………」

一人息子だった良衛には、衝撃であった。

「もっとも、おぬしの話からいけば、家を継ぐのは正虎どのと受け取れる。となれば、一応とはいえ、兄とされた正仲どのは納得いかぬであろうなあ。正式に弟が世継ぎと決まったならば、あきらめもつくだろうがの。その前に父親が死ねば、まだ目はある。なにせ長男なのだ。三代将軍家光さまの例もある。長幼は大きな要件だでな」

松平対馬守の言うとおりであった。

弟に三代将軍を取られそうになった家光から泣きつかれた家康は、長幼の順をもって家督を継ぐべしと告げていた。諸大名への強制力は持たないが、家康公の故事だけに、表向きの理由とされれば、反論するのは難しい。

「その逆もあり得る。兄が世継ぎと決められる前にことを起こし、乾坤一擲《けんこんいってき》の戦いを挑もうと正虎どのと家臣たちが考えたやも」

あらゆる事情を松平対馬守は選択肢に入れた。

「なんともはや」

良衛は、力なく首を振った。

「世のなかというのは面倒に見えて、意外と単純なものだ。堀田筑前守どのを殺した理由は、結局、己が利益を得たいからだ。つまり、堀田筑前守どのが死んだことで、得した奴を探せばすむ。ただ、大老ともなると、得をする者が一人では終わらぬのが、手間だがな」

松平対馬守が苦笑した。

「得する者が複数……一人は堀田家の家督とわかりまするが、他には」

「大老の席が空く。権を欲しがる者にとって垂涎《すいぜん》の的だぞ」

「老中方のなかに……」

「なかというより、全員かも知れぬな。堀田筑前守どのは、かなり強権を振るわれていたようだからな。ほかの老中方はほとんど飾りものだという。これはおもしろくなかろう。せっかく老中になり、権を遣おうとしたとき、上から邪魔されるのだ」

良衛の疑問を松平対馬守が解いた。

「なるほど。そうなれば他のお役人も危のうございますな。次の老中と言われている大坂城代どのや、京都所司代どのなども。執政の席が空けば、そこに入れるわけでございますから」

「たしかにそうだが、無理だろうな。大坂や京では遠すぎて、稲葉石見守との連絡に手間がかかりすぎる」

松平対馬守が否定した。

「服の上から触診をするようなものか」

「医者らしい喩《たと》えじゃの」

独りごちた良衛に松平対馬守が笑った。

「それだけ大老の殺害となれば、大きな影響があるということだ」

「はい」

良衛は首肯した。

「で、他にはなにかなかったか」

「ご大老の傷を模写した絵図を見せていただきました」

「……ほう」

松平対馬守が目をすがめた。

「致命傷は左肩の突き傷でございましょう。鎖骨からまっすぐ入っておりました。あの傷口の位置から考えて、心の臓まで達してはいないので即死したとは思えませぬが、まず助けるのは難しい」

「おぬしでもか」

「実際に診てみないと確定はいたしかねまする。が、助けられずとも命を長らえさせることはできましょう」

「ふむ」

自信を見せた良衛へ、松平対馬守が思案に入った。

「奈須玄竹を呼ばせたのが、大久保加賀守どのだとはわかっている。御用部屋坊主の証言もある」

「では、大久保加賀守さまが……」

「そう簡単ではない。大久保加賀守どのは、純粋に上様と大老どののお怒りを怖れただけかもしれぬからな」

「怒り……」

「身分低き表御番医師などを呼んだと」

「…………」

松平対馬守から、格のことを聞かされていた良衛は沈黙するしかなかった。

「なにせ上様は、堀田筑前守さまを父とまで呼んで信頼されている。その堀田筑前守さまのご機嫌を損じれば、老中といえども無事ではすまぬ。罷免だけで終わればいいが、下手をすれば藩ごと潰《つぶ》されかねないからな」

「そこまで堀田筑前守さまのお力は」

「すさまじかったな」

良衛の問いに松平対馬守がうなずいた。

「大久保加賀守どのの動きを怪しいとばかりはいえぬ。面倒なことであろう。これが町奉行所で扱うような町人、無頼の類《たぐい》ならば、捕まえて叩《たた》くなり、石抱きをさせるなりすればすむのだが……相手が徳川家のご一門や老中ではできぬでな。よほどしっかりとした手証がないと、調べただけでも、こちらがやられかねない」

「わかりまする」

権と権が戦えば、より大きなほうが勝つ。剣と剣の勝負のように、格下が格上を討つ番狂わせはない。

「他には」

「……他でございますか」

いろいろな話に心が揺れ、良衛は思い出すための努力として、目を閉じ深呼吸をした。

「傷口の絵図を見せられたあと……大判が十枚出されて……」

「大判十枚だと」

思案を松平対馬守が破った。

「あっ」

良衛は手で口を押さえた。

「金をもらったのか」

「往診の依頼でございましたので」

咎めるような口調の松平対馬守に、良衛は言いわけをした。

「そう来たか」

求められれば医者は、往診をしなければならず、診療をしたかぎり礼金をもらうのは正当な行為であった。表御番医師であろうが奥医師であろうが、当番の日でなければ、医業をおこなうことは許されている。それに罰を与えるわけにはいかなかった。

「金のことはもういい。さっさと思い出せ」

松平対馬守が、怒鳴るように命じた。

「わかっておりまする。……金をもらった……あれは、その後だったか、いや、前だったか」

「なんだ」

詳細を思い出そうとしている良衛を松平対馬守が急《せ》かした。

「お待ちくだされ。たしか稲葉石見守が、前日に堀田筑前守さまをお訪ねになり、長く話しこんでおられたとか」

「まことか」

松平対馬守が大声を出した。

「……はい」

その勢いに、思わず良衛は腰を引いた。

「大声は腰に響きまするぞ」

医者として良衛は注意を与えた。

「ええい、腰などどうでもよいわ。稲葉石見守と堀田筑前守どのが、どのような話をしていたのだ」

「そこまでは」

迫る松平対馬守に、両手を突き出しながら良衛は首を振った。

「役に立たぬ。そこまで訊《き》かねば意味がなかろう」

「わたくしは医者でございまする。探索方ではありませぬ」

叱られた良衛は、不満を露《あら》わにした。

「……医者だから知れたということか」

松平対馬守が座り直した。

「それだけか」

「はい。あとは奈須玄竹どのの治療について問うたていどで」

「ふん」

治療に興味はないと、松平対馬守が鼻を鳴らした。

「もう一度堀田家へ行く予定は」

「ございませぬ。出入りの医者でもございませぬので、向こうから呼んでいただかないことには、参れませぬ」

医者の押し売りはできない。良衛は堀田家とのかかわりは終わったと告げた。

「なんとかいたせ」

「無茶を」

「堀田家に知り合いはおらぬのか」

「ございませぬ。それこそ出入りである奈須玄竹どのに訊かれてはいかがで」

いい加減腹立たしくなってきていた良衛は、他人に投げた。

「奈須玄竹と儂《わし》ではつきあいがないわ。寄合医師は、目付の管轄、一言断りを入れねばならぬ。目付に知られれば、この一件もっていかれてしまうわ」

松平対馬守が嫌な顔をした。

旗本の俊英から選ばれる目付は千石高で、その任は多岐にわたった。旗本、御家人の監察、城中での礼儀礼法の監視、火事場巡検などをおこなった。とくに宿直番のおりの権限は絶大で、非常があればその対処の指揮を執った。

職務の性質上、厳格で鳴り、同僚はおろか上司でも遠慮はしなかった。なかには、吾《わ》が親を訴追し、切腹に追いこんだ者もいたほどである。

「目付のたちが悪いのは、上様へ直接お目通りを願えることだ」

苦く顔をゆがめながら、松平対馬守が言った。

大目付には与えられていない権限であった。これは上司の非違を暴くとき、直接将軍へ訴えることで、妨害されないようにとの配慮から出ていた。

「そなた、奈須玄竹へ会え」

「わたくしがでございまするか」

「医者同士ならば、医学の研鑽《けんさん》のためにつきあってもおかしくはなかろう」

「それはそうでございまするが」

良衛も奈須玄竹へ会ってみたいと思っていた。だがそれも、己の嫉妬《しっと》心から出たものと理解した今では、かえって会うのは恥ずかしく、先延ばしにしたかった。

「それがいい」

「まったく顔も合わせていないのに、いきなり訪れるのは、いかがでしょうや」

医者というのは世間とかなりずれている。新しい医術のためならば、長崎や京にでも平気で出かけていく。いや、許されるならば和蘭陀にでも行きかねない。好奇心旺《おう》盛《せい》でなければ医者は務まらなかった。

だが、それは訊くほうの状況であり、問われるほうは別であった。

己の医術を他人に公開する。それは、己の優位を失う行為でもあるのだ。患者が来なければ、医者は喰《く》えない。となれば、評判ほどたいせつなものはなかった。己だけしかできない医術を持っていれば、それを求めてくる患者には困らない。しかし、その技術を他人に教えてしまえば、独占できなくなり患者の数が減る。

医術を秘儀と考えている者は、他の医者の来訪を歓迎していなかった。

「ならば今大路どのにでも紹介していただけ」

「…………」

良衛は沈黙するしかなかった。今大路親俊と会って話をしたとき、心の奥を言い当てられた。その引け目を、良衛はぬぐい去ることはできなかった。

「どうした」

「ご勘弁いただきたい」

良衛は首を振った。

「案外気弱だな」

「金創医は臆病《おくびょう》者がなると相場が決まっておりまする」

「ふん。逃げ口上としておもしろくもないな」

松平対馬守があきれた。

「まあよい。儂も少し話を整理せねばならぬ」

あっさりと松平対馬守が引いた。

「……ふう」

小さく安堵《あんど》のため息を良衛は漏らした。

「三日待ってやる」

「えっ」

気を抜いていた良衛は、間抜けな声を出した。

「聞こえなかったか。三日休ませてやる。つぎの当番が終わった日の夜には、報告に来い」

「無茶を」

良衛は抗議した。

「なにが無茶か。大老が殺されたのだぞ。その刃が上様へ向かわぬという保証はどこにある」

「上様へ……まさか」

松平対馬守の言いぶんを良衛は否定しようとした。

「ありえないことが起こったのだぞ。城中、それも御用部屋で大老が若年寄に刺されるという大事件がな。上様を害し奉ろうとする者が出てきても不思議はなかろう。いや、出てくるとして、対処すべきである」

厳しく松平対馬守が述べた。

「……はい」

正論であった。

旗本、御家人は、ただ徳川家のために、それも当主たる将軍家のためだけにある。御家人として過ごしてきた良衛の心に、徳川将軍家への忠義は染みついていた。

「お医師といえども徳川の臣。その禄《ろく》を食《は》む者ならば、上様のために働くのは当然である」

「しかし、役目の向き不向きというものがございまする。探索や取り調べとあれば、伊賀《いが》者か、お目付衆が適任でございましょう」

良衛は抵抗した。

医者の仕事は患者を助けることであり、大老が殺された裏を探るのではない。

「表御番医師の仕事は、城中での不意の病人、怪我人に備えることでございまする」

「それで満足ならば、それでよい」

不意に松平対馬守の声が冷たくなった。

「後日、上様に万一があったことを聞いてから後悔するがいい。帰れ。そして二度と顔を出すな」

犬を追うように、松平対馬守が手を振った。

「…………」

変貌《へんぼう》した松平対馬守に、良衛は呆然《ぼうぜん》とした。

「誰かある」

松平対馬守が家臣を呼んだ。

「お呼びでございましょうか」

すぐに家臣二人が顔を出した。

五千石の松平家には、およそ五十人近い家臣がいた。老爺《ろうや》の三造一人の矢切家とは比べものにならなかった。

「こやつをつまみ出せ」

汚らわしいものを扱うような手つきで、松平対馬守が命じた。

「はっ」

「ごめんを」

家臣二人が良衛の肩を左右から摑《つか》んだ。

「なにをする」

身分からいけば、直臣である良衛の身体に陪臣が触れる。許されないまねであった。

「命でございますれば」

なれど主命に逆らうことはできない。家臣たちは力を緩めなかった。

「この屋敷の主《あるじ》は、儂《わし》だ」

良衛の抗議を松平対馬守が一蹴《いっしゅう》した。旗本の屋敷は城と同じ扱いを受けた。門のなかでは、主が絶対であった。

「腰の薬代は後日支払う。行け」

「はっ」

首肯した家臣たちによって、良衛は屋敷から放り出された。

きしみながら門が、背後で閉められた。

「…………」

呆然と良衛は立ちすくんだ。

「……これでいいのだな」

良衛はつぶやいた。

「吾《われ》は医者だ。それ以上でもそれ以下でもない。ただ、患家のことだけを考えていればいい」

重い足取りで良衛は歩き始めた。

「嫉妬《しっと》するほどのことでもなかった……」

若い奈須玄竹より、己の医術が劣っていると思われていた。それが良衛には耐え難かった。

「ただ、身分の違いでしかなかった」

己を納得させるよう、口にしながら良衛は自宅を目指した。

「外道の術ならば、他人にひけは取らぬ」

少し大きな声で、良衛は言った。

五

いつものように宿直をすませ、屋敷へ戻った良衛は予想していなかった来客に出迎えられた。

「無沙汰《ぶさた》をしています」

客間で待っていたのは、弥須子の姉で奈須玄竹の妻となった紬《ゆう》であった。

「これは姉上」

宿直で疲れていたが、良衛は背筋をしっかりと伸ばして挨拶《あいさつ》をした。

「よくお出《い》で下さいました。なにか御用でも」

弥須子がもっとも嫌っているのが、この姉紬であった。紬が正妻の生まれであることを自慢し、弥須子を軽く扱ってきたからである。

「用がなければ、参りませぬ」

きつい声で紬が答えた。

「……御用は」

さすがに良衛も鼻白んだ。紬と会うのは二回目であった。一回目は、弥須子との婚礼の場で、互いに名乗り合っただけで終わった。

「身分違いも甚だしい」

紬は、最初から最後まで、御家人身分の良衛と、妾腹《しょうふく》とはいえ寄合今大路家の娘との婚姻に反対していた。といっても当主である父今大路親俊の意向には逆らえるはずもなく、縁組みはなされた。が、その後のつきあいはいっさいしていなかった。

「夫が呼んでいます。屋敷まで来るように」

命令するような口調で紬が言った。

「いつでございまするか」

「今すぐに決まっておりましょう」

問う良衛へ釉が告げた。

「無理でございまする。今、宿直番より戻ったばかりでございまする。これから診察をいたさねばなりませぬ」

「寄合医師の求めを格下の表御番医師が拒むと」

釉の目がつり上がった。

「拒んではおりませぬ。今すぐは無理だと申しておるだけでござる」

「それを拒むと言うのですよ。寄合医師から声をかけてもらうだけで、喜ぶのが当たり前。それを嫌がるなど、奈須家に含むところでもあるのですか」

よほど腹立たしいのか、釉が良衛の側まで来て、にらみつけた。

「含むつもりなどございませぬ。ただ、医者として患者を放置するわけには参りませぬ。それがすみ次第行かせていただきまする」

良衛も折れなかった。

「医者であるならば、当然のことと思いまするが。お帰りになって奈須どのへお伝えくだされば、おわかりいただけるはず」

「なっ」

紬が詰まった。ここで押し切れば、奈須玄竹の素質が疑われた。

「わかりました。終わり次第、屋敷まで来るように」

悔しげに顔をゆがめながらも、紬が認めた。

「承知いたしましてございまする。ところで、ご用件はなんでございましょう。あらかじめわかっていれば、こちらとしても準備できまする」

義理の姉の嫁ぎ先とはいえ、一度も会ったことさえないのだ。その奈須玄竹から呼ばれたとなれば、用件が気になるのも当然であった。

「そうでしたね。高貴な身分から招かれることなどございませんでしょうから。夫は和蘭陀流外科術の秘伝書を持ってくるようにと申しておりました」

「秘伝書……」

良衛は戸惑った。

和蘭陀流外科術には秘伝書というようなものはなかった。せいぜい沢野忠庵が記した『南蛮流外科秘伝書』ていどであり、写本は流通していた。もっともそこいらで売っているとはいかないが、書物屋に注文すれば半年ほどで手に入る。値段も矢切家で購入できるていどと、そう高くはなかった。

「そのようなものはございませぬが」

「嘘をつくのではありません。でなければ、たかが御家人の金創医風情が、典薬頭の

「娘婿に選ばれるはずなどありえない。隠すとためになりませんよ」

否定した良衛を紬が叱った。

「和蘭陀流外科術というか、我が師杉本忠恵は秘伝というものを好まない方でござる」

「なんでもよい。和蘭陀流外科術とかいう下賤《げせん》な技のことを記したものを持参いたせ」

義理の姉とはいえ、あまりな物言いに良衛は、言い返した。

睨《にら》みつけられた紬がそう言い残して、さっさと去っていった。

「あの性格では、婚家を出されるわけだ」

一人残された良衛が嘆息した。

「まだましだったな」

良衛は弥須子ではなく、紬を今大路親俊から押しつけられなかったことを感謝した。

「姉は帰ったようでございますが……」

弥須子が客間へ顔を出した。

「ああ。今お帰りになったわ」

腹立たしくとも妻の姉である。良衛はていねいな言いかたをした。

「ご無礼の段、姉に代わってお詫《わ》びをいたしまする」

深く弥須子が謝した。

「いや、そなたが詫びることではなかろう」

良衛はもういいと言った。

「お腹立ちでございましょう」

「多少はな」

優しい弥須子の声に、おもわず良衛は本音を口にした。

「その悔しさをお忘れにならぬよう。あなたさまが、表御番医師から寄合医師、そして奥医師へと出世なされば、姉もあのような態度を取ることはできませぬ。いえ、見返してやれまする」

いつもより熱心な弥須子を見て、己が戻るまでに二人の間で嫌みの応酬がなされたのだろうなと、良衛は推察した。

「さて、診療だ。下がっていなさい」

良衛はまだまだ言い足りなそうな弥須子の口を封じた。

診療と往診を終えた良衛は、奈須玄竹の屋敷がある下谷《したや》三枚橋《さんまいばし》へと向かった。

下谷三枚橋の辺りは、幕府お徒《かち》組の組屋敷が並んでいる。奈須家は、その組屋敷の一つに間借りしていた。

お徒組は、戦国でいう足軽のことで、身分は低い。当然目見えなどできない。その組屋敷に寄合医師が間借りしているのは、奈須家へ拝領屋敷が与えられていないことによった。

奈須家は現当主の祖父、初代奈須玄竹が寛永十五年（一六三八）三代将軍家光に召し抱えられた新参であった。そのとき、普通なら与えられる拝領屋敷を初代奈須玄竹が断った。

「遠方にお屋敷をいただいては、今の患家を見捨てることとなりまする」

初代奈須玄竹は、患者の便宜を願い、身分に応じた屋敷をもらわず、開業していた地へと残った。そのため、五百石寄合医師ながら、小身者の組屋敷のなかに間借りするという奇妙な状態を続けていた。

下谷三枚橋に組屋敷を与えられているお徒は、幕臣でも貧しいほうに入った。その禄《ろく》は七十俵五人扶持と同心よりましなていどでしかなく、なにより悪いのは、譜代扱いされないことであった。

お徒は抱え席と呼ばれ、一代限りで相続が認められなかった。親が隠居しても、子が跡目を継げず、新たに召し抱えとなった。といったところで、実質は子供が新規で召し抱えられるという形を取って相続はなされていた。が、それは慣例でしかなく、認められたものではないだけに、お徒たちは相続が許されなかった場合に備えて、内職をもたざるを得なかった。家族みんなで、内職に励むおかげで、昼間であろうともこの辺りの人影は少なかった。

「このあたりかと思ったが」

下谷三枚橋に着いた良衛は、足を止めて周りの組屋敷を見回した。

組屋敷はどれもが同じ造りをしている。表札は当然出ていない。住んでいる者でさえ迷うような状況に、良衛は困った。

「訊《き》くしかないな」

良衛は自力で探すのをあきらめた。

「卒爾《そつじ》ながら」

「なんでござろう」

偶然通りかかったお徒に良衛は話しかけた。

黒縮緬《ちりめん》無紋の羽織を身につけると決まっているお徒である。一目で区別が付いた。

「このあたりに医師奈須玄竹どののお屋敷があるはずなのでござるが」

「奈須どのか。それならば、この先の組屋敷、あのなかでござる。なかに入って右の並び、奥から二軒目が、奈須どのでございまする」

禿頭《とくとう》に常着、一目見れば医師とわかる良衛へ、お徒がていねいに教えてくれた。

「かたじけない。お手を取らせました」

礼を述べて、良衛は教えられた方へと進んだ。

先代が堀田筑前守の父加賀守正盛を治療して、千両という大金をもらったとは思えないほど、奈須玄竹の屋敷は質素であった。

「お出向きいただき、感謝に堪えない」

出迎えた奈須玄竹が一礼した。

奈須玄竹は万治二年（一六五九）生まれで、今年二十五歳になった。九歳歳上の良衛へ、敬意を持って対応してきた。

「お初にお目にかかりまする。一門の端を汚しておりまする矢切良衛と申しまする」

釉の態度が気に入らないからと、最初からけんか腰では話にならない。良衛も慇懃《いんぎん》に名乗った。

「要件は家内から聞いてくれたか」

「はい」

答えて、良衛は懐から『南蛮流外科秘伝書』を取り出した。

「家内がぶしつけな態度をとらなかったであろうか」

申しわけなさそうに、奈須玄竹が訊いた。

「いえ。さほど」

小さく良衛は首を振った。

「わたくしより歳上のせいか、なかなかに……」

　奈須玄竹が首を振った。

「お気になさらず。女房というものは、とかく夫を子供扱いしたがるものでございますれば」

「貴殿の奥方も」

「姉妹でございまする」

「今大路の血でございますかな」

「義父上《ちち》には聞かせられませぬが」

　二人は顔を見合わせて、苦笑した。

「さて、秘伝書というようなものは、和蘭陀流外科術にはございませぬ。これを手本として、自ら研鑽《けんさん》を積む形を取っておりまする」

　持参した風呂敷《ふろしき》包みを解き、良衛は本を取り出した。

「見せてもらってよろしいか」

「どうぞ」

　他流の本を勝手に繙《ひもと》けば、問題となった。下手をすれば、江戸中の医師から白眼視される羽目になる。

「拝見」

そう言って、奈須玄竹が本を開いた。

「……こうなっているのか。人の身体というのは」

ときどき感嘆の声をあげながら、奈須玄竹は本を繰った。

「これはなんでござる」

食い入るように読んでいた奈須玄竹が、勢いよく顔をあげた。

「ああ。これは和蘭陀語でございまする。るんぐは肺腑《はいふ》、へるては心の臓と考えていただければ」

「…………」

聞き終わった奈須玄竹が、ふたたび読書に没頭した。

「矢切どの。この本を売っていただけまいか」

奈須玄竹が頼んだ。

「それはいたしかねまする。この本はわたくしが外道の道を志したとき、裕福ではない家計から父が無理をして購入してくれたもの。また師杉本忠恵の講義で注目すべきを書きこんでありますので、わたくしにとって宝物でございまする」

良衛は丁重に断った。

「知らぬこととはいえ、失礼をいたしました」

名家の若き跡取りとしては珍しく、奈須玄竹が心からの謝罪を見せた。

「いいえ。この本は、長崎で出されたもの。江戸でも探せば、さほど苦労せずとも手に入りましょう」

詫《わ》びを良衛は受け入れた。

「それかお手間でなければ、お貸しいたしますゆえ、お写しになっても結構でございまする」

本は貴重である。版木を使って刷るとはいえ、数が少ない。手に入れるより、写したほうが早いことも多かった。

「そう願えればありがたし。あと、できれば、わからぬところをご教示いただけませぬか」

「いつでもというわけには参りませぬが、たまにでよろしければ」

良衛は師杉本忠恵同様、技術を隠すつもりなどなかった。

「代わりと申してはなんでございまするが、少しお聞かせいただきたいことがございまする」

「なんなりと」

質問を受けると奈須玄竹が述べた。

「おつきあいがなかったわたくしに、外道のことを質問なされたのは、なぜでござろう。貴殿ならば、もっと高名な方々とおつきあいございましょうに」

良衛は疑念を口にした。

「他人から勧められたのでございまする。外道ならば和蘭陀流外科術がよいと。そして幕府医官の杉本忠恵どのを存じあげておりまするが、一門には貴殿がおられると気づきまして。あの義父上が認められたほどのお方ならと、失礼を顧みず、お願いした次第で」

「他人から……どなたでございまする」

推薦するような人物に心当たりはなかった。

「一昨日《おととい》、大目付の松平対馬守さまが不意にお見えになり、どこで知られたのか、わたくしが外道のことで悩んでいることをご存じでございまして。ご存じのとおり、先日の殿中一件で、わたくしは満足なこともできず、ご大老さまをお助けできませなんだ」

「松平対馬守さま……」

良衛はあきれた。

「そこまでして」

「どうかなされましたか」

奈須玄竹が怪訝《けげん》な顔をした。

「いえ」

力なく良衛は首を振った。医者には医者にしかわからない用語などがある。医学の道を目指している者としての同志意識もある。外には漏らせないことでも、医者になら話せるという雰囲気もあった。それを松平対馬守は利用したと良衛は気づいた。

「松平対馬守さまとはご面識が」

「城中でお目にかかるていどでございまする」

確認する良衛へ、奈須玄竹が答えた。

「はあ。どうしても逃がさぬつもりか。先日のは脅しだけか」

「矢切どの」

「申しわけないが、もう一つ教えていただきたい」

顔色を窺《うかが》う奈須玄竹へ、良衛は問うた。

「ご大老堀田筑前守さま、ご受難のおり、貴殿が呼ばれましたが、あれはあらかじめ、御用部屋へ登城の旨をご通知なさっておられたのでございまするか」

「いいえ。そのようなことは、いたしませぬ。式日でございましたので、登城していただけで……」

奈須玄竹が言葉を止めた。

「なんでござろう」

「……このことはご内聞に願いたく」

「はい」

　声を潜めた奈須玄竹へ、良衛は首肯した。

「じつは、前日、稲葉石見守さまより使者が参り、かならず式日登城するようにとの伝言がございました」

　奈須玄竹が告げた。

「寄合医師は若年寄支配、石見守さまより呼びだしは当然。いや、わざわざ念を押されるとなれば、当家にとって大事……ひょっとして奥医師への推挙かと」

　思い出したのか、奈須玄竹が顔をゆがめた。

「それがあのようなことになるとは……あの場に呼ばれながらなにもできなかった。それだけに、悔しくて。わたくしに外道の心得があれば……」

　臍《ほぞ》を噛《か》む奈須玄竹を残し、良衛は奈須家を辞去した。

「外道に心得のない奈須どのを呼んでいた。これは即死させられなかったときの一手。となると前日に大老を殺すと決めていたということか。ならば、なぜ殿中なのだ。前日に堀田筑前守と稲葉石見守は二人きりで会っていた。そのときなにもなかったということは……刃傷は殿中でなければならなかったと……」

　理解できない稲葉石見守の行動に、良衛は苦悩した。

続く

本作は書き下ろしです。

表《おもて》御《ご》番《ばん》医《い》師《し》診療録《しんりょうろく》1

切《せつ》開《かい》

上《うえ》田《だ》秀《ひで》人《と》

平成25年 2月25日　初版発行
令和7年 4月15日　15版発行

発行者●山下直久

発行●株式会社KADOKAWA
〒102-8177　東京都千代田区富士見2-13-3
電話　0570-002-301(ナビダイヤル)

角川文庫 17815

印刷所●株式会社KADOKAWA
製本所●株式会社KADOKAWA

表紙画●和田三造

ISBN978-4-04-100699-3　C0193

◆◇◇

角川文庫発刊に際して

角川源義

第二次世界大戦の敗北は、軍事力の敗北であった以上に、私たちの若い文化力の敗退であった。私たちの文化が戦争に対して如何に無力であり、単なるあだ花に過ぎなかったかを、私たちは身を以て体験し痛感した。西洋近代文化の摂取にとって、明治以後八十年の歳月は決して短かすぎたとは言えない。にもかかわらず、近代文化の伝統を確立し、自由な批判と柔軟な良識に富む文化層として自らを形成することに私たちは失敗して来た。そしてこれは、各層への文化の普及滲透を任務とする出版人の責任でもあった。

一九四五年以来、私たちは再び振出しに戻り、第一歩から踏み出すことを余儀なくされた。これは大きな不幸ではあるが、反面、これまでの混沌・未熟・歪曲の中にあった我が国の文化に秩序と確たる基礎を齎らすためには絶好の機会でもある。角川書店は、このような祖国の文化的危機にあたり、微力をも顧みず再建の礎石たるべき抱負と決意とをもって出発したが、ここに創立以来の念願を果すべく角川文庫を発刊する。これまで刊行されたあらゆる全集叢書文庫類の長所と短所とを検討し、古今東西の不朽の典籍を、良心的編集のもとに、廉価に、そして書架にふさわしい美本として、多くのひとびとに提供しようとする。しかし私たちは徒らに百科全書的な知識のジレッタントを作ることを目的とせず、あくまで祖国の文化に秩序と再建への道を示し、この文庫を角川書店の栄ある事業として、今後永久に継続発展せしめ、学芸と教養との殿堂として大成せんことを期したい。多くの読書子の愛情ある忠言と支持とによって、この希望と抱負とを完遂せしめられんことを願う。

一九四九年五月三日

角川文庫ベストセラー

縫合　表御番医師診療録2　上田秀人

表御番医師の矢切良衛は、大老堀田筑前守正俊が斬殺された事件に不審を抱き、真相解明に乗り出すも何者かに襲われてしまう。やがて事件の裏に隠された陰謀が明らかになり……。時代小説シリーズ第二弾！

解毒　表御番医師診療録3　上田秀人

五代将軍綱吉の膳に毒を盛られるも、未遂に終わる。表御番医師の矢切良衛は事件解決に乗り出すが、それを阻むべく良衛は何者かに襲われてしまう……。書き下ろし時代小説シリーズ、第三弾！

悪血　表御番医師診療録4　上田秀人

御広敷に務める伊賀者が大奥で何者かに襲われた。表御番医師の矢切良衛は将軍綱吉から命じられ江戸城中から御広敷に異動し、真相解明のため大奥に乗り込んでいく……書き下ろし時代小説シリーズ、第4弾！

摘出　表御番医師診療録5　上田秀人

将軍綱吉の命により、表御番医師から御広敷番医師に職務を移した矢切良衛は、御広敷伊賀者を襲った者を探るため、大奥での診療を装い、将軍の側室である伝の方へ接触するが……書き下ろし時代小説第5弾。

往診　表御番医師診療録6　上田秀人

大奥での騒動を収束させた矢切良衛は、御広敷番医師から、寄合医師へと出世した。将軍綱吉から褒美として医術遊学を許された良衛は、一路長崎へと向かう。だが、良衛に次々と刺客が襲いかかる——。

角川文庫ベストセラー

研鑽
表御番医師診療禄7
上田秀人

医術遊学の目的地、長崎へたどり着いた寄合医師の矢切良衛。最新の医術に胸を膨らませる良衛だったが、出島で待ち受けていたものとは？　良衛をつけ狙う怪しい人影。そして江戸からも新たな刺客が……。

乱用
表御番医師診療禄8
上田秀人

長崎へ最新医術の修得にやってきた寄合医師の矢切良衛の許に、遊女屋の女将が駆け込んできた。浪人たちが良衛の命を狙っているという。一方、お伝の方は、近年の不妊の疑念を将軍綱吉に告げるが……。

秘薬
表御番医師診療禄9
上田秀人

長崎での医術遊学から戻った寄合医師の矢切良衛は、江戸での診療を再開した。だが、南蛮の最新産科術を期待されている良衛は、将軍から大奥の担当医を命じられるのだった。南蛮の秘術を巡り良衛に危機が迫る。

宿痾
表御番医師診療禄10
上田秀人

御広敷番医師の矢切良衛は、将軍の寵姫であるお伝の方を懐妊に導くべく、大奥に通う日々を送っていた。だが、良衛が会得したとされる南蛮の秘術を奪おうと、彼の大切な人へ魔手が忍び寄るのだった。

埋伏
表御番医師診療禄11
上田秀人

御広敷番医師の矢切良衛は、大奥の御膳所の仲居の腹痛に不審なものを感じる。上様の料理に携わる者の不調は、大事になりかねないからだ。将軍の食事を調べるべく、奔走する良衛は、驚愕の事実を摑むが……。

角川文庫ベストセラー

謁見
高家表裏譚4
上田秀人

朝廷から望外の任官を受けた吉良三郎義央は、その首謀者である近衛基熙に返礼するため、京を訪れた。だが三郎は、自らの存在が知らぬうちに幕府と朝廷に利用されていることを聞かされ――。書き下ろし。

武士の職分
江戸役人物語
上田秀人

表御番医師、奥右筆、目付、小納戸など大人気シリーズの役人たちが躍動する渾身の文庫書き下ろし。「出世の重み、宮仕えの辛さ。役人たちの日々を題材とした、新しい小説に挑みました」――上田秀人

人斬り半次郎（幕末編）
池波正太郎

姓は中村、鹿児島城下の藩士に〈唐芋〉とさげすまれる貧乏郷士の出ながら剣は示現流の名手、精気溢れる美丈夫で、性剛直。西郷隆盛に見込まれ、国事に奔走するが……。

人斬り半次郎（賊将編）
池波正太郎

中村半次郎、改名して桐野利秋。日本初代の陸軍大将として得意の日々を送るが、征韓論をめぐって新政府は二つに分かれ、西郷は鹿児島に下った。その後を追う桐野。刻々と迫る西南戦争の危機……。

にっぽん怪盗伝 新装版
池波正太郎

火付盗賊改方の頭に就任した長谷川平蔵は、迷うことなく捕らえた強盗団に断罪を下した！　その深い理由とは？　「鬼平」外伝ともいうべきロングセラー捕物帳全12編が、文字が大きく読みやすい新装改版で登場。

角川文庫ベストセラー

闇の狩人 (上)(下)　池波正太郎

盗賊の小頭・弥平次は、記憶喪失の浪人・谷川弥太郎を刺客から救う。時は過ぎ、江戸で弥太郎と再会した弥平次は、彼の身を案じ、失った過去を探ろうとする。しかし、二人にはさらなる刺客の魔の手が……。

忍者丹波大介　池波正太郎

関ヶ原の合戦で徳川方が勝利をおさめると、激変する時代の波のなかで、信義をモットーにしていた甲賀忍者のありかたも変質していく。丹波大介は甲賀を捨て一匹狼となり、黒い刃と闘うが……。

侠客 (上)(下)　池波正太郎

江戸の人望を一身に集める長兵衛は、「町奴」として、つねに「旗本奴」との熾烈な争いの矢面に立っていた。そして、親友の旗本・水野十郎左衛門とも互いは心で通じながらも、対決を迫られることに——。

西郷隆盛　新装版　池波正太郎

薩摩の下級藩士の家に生まれ、幾多の苦難に見舞われながら幕末・維新を駆け抜けた西郷隆盛。歴史時代小説の名匠が、西郷の足どりを克明にたどり、維新史までを描破した力作。

新選組血風録　新装版　司馬遼太郎

勤王佐幕の血なまぐさい抗争に明け暮れる維新前夜の京洛に、その治安維持を任務として組織された新選組。騒乱の世を、それぞれの夢と野心を抱いて白刃とともに生きた男たちを鮮烈に描く。司馬文学の代表作。

角川文庫ベストセラー

北斗の人　新装版
司馬遼太郎

剣客にふさわしからぬ含羞と繊細さをもった少年は、北斗七星に誓いを立て、剣術を学ぶため江戸に出るが、なお独自の剣の道を究めるべく廻国修行に旅立つ。北辰一刀流を開いた千葉周作の青年期を爽やかに描く。

豊臣家の人々　新装版
司馬遼太郎

貧農の家に生まれ、関白にまで昇りつめた豊臣秀吉の奇蹟は、彼の縁者たちを異常な運命に巻き込んだ。平凡な彼らに与えられた非凡な栄達は、凋落の予兆となる悲劇をもたらす。豊臣衰亡を浮き彫りにする連作長編。

司馬遼太郎の日本史探訪
司馬遼太郎

歴史の転換期に直面して彼らは何を考えたのか。動乱の世の名将、維新の立役者、いち早く海を渡った人物など、源義経、織田信長ら時代を駆け抜けた男たちの夢と野心を、司馬遼太郎が解き明かす。

尻啖え孫市 (上)(下)　新装版
司馬遼太郎

織田信長の岐阜城下にふらりと現れた男。真っ赤な袖無羽織に二尺の大鉄扇、日本一と書いた旗を従者に持たせたその男こそ紀州雑賀党の若き頭目、雑賀孫市。無類の女好きの彼が信長の妹を見初めて……痛快長編。

新選組興亡録
司馬遼太郎・柴田錬三郎・北原亞以子 他
編／縄田一男

「新選組」を描いた名作・秀作の精選アンソロジー。司馬遼太郎、柴田錬三郎、北原亞以子、戸川幸夫、船山馨、直木三十五、国枝史郎、子母沢寛、草森紳一による9編で読む「新選組」。時代小説の醍醐味！